取暖的人

谭广超 ◎ 著

图书在版编目(CIP)数据

取暖的人 / 谭广超著. -- 长春：长春出版社，2025.1. -- ISBN 978-7-5445-7625-3

Ⅰ.I227

中国国家版本馆CIP数据核字第2024M4X081号

取暖的人

著　　者	谭广超
责任编辑	周哲涵
封面设计	宁荣刚

出版发行	长春出版社
总 编 室	0431-88563443
市场营销	0431-88561180
网络营销	0431-88587345
地　　址	吉林省长春市南关区长春大街309号
邮　　编	130041
网　　址	www.cccbs.net

制　　版	长春出版社美术设计制作中心
印　　刷	长春天行健印刷有限公司

开　　本	880mm×1230mm　1/32
字　　数	146千字
印　　张	8.625
版　　次	2025年1月第1版
印　　次	2025年1月第1次印刷
定　　价	49.80元

版权所有　盗版必究

如有图书质量问题，请联系印厂调换　　联系电话：0431-84485611

目　录

第一辑：虚拟的我

习　惯 / 2

沉默的右手 / 5

阵　雨 / 7

那就是我 / 9

独　处 / 11

虚拟的我 / 12

发　呆 / 14

我是一个未被秋天击中的人 / 16

遇　见 / 18

我恰好也在灯火里 / 20

减　法 / 21

举起一块橡皮 / 23

一个丢失乡愁的人 / 25

不露面 / 27

信 / 28

被虚空注满的人 / 30

用这短暂的一生让出什么 / 32

我 / 33

客观理由 / 34

我的身体是一座房屋 / 36

我所经过的河流 / 39

思　空 / 41

在你的人海里消失 / 42

在故乡一个人饮酒 / 44

我是一个什么样的人 / 46

第二辑：隐形云梯

星　空 / 50

当世界被雨水笼罩 / 53

想象力的完成 / 55

也门婴孩 / 56

看一场叫作画皮的剧 / 58

管　窥 / 60

隐形云梯 / 62

"鸟"与"鸟" / 64

这世界还有多少种可能 / 66

钉子推理 / 67

在那上面还有什么 / 69

我睡在时间上面 / 71

春天的尾巴 / 73

排练死亡 / 75

日常生活 / 77

素　描 / 79

城市镜像 / 80

行　走 / 82

那只鸟记得来路 / 83

河　马 / 85

磁的触觉 / 87

远　方 / 89

这里没有人类 / 90

退　场 / 92

隐秘的力量 / 94

倒　影 / 96

谋　杀 / 98

画　海 / 104

不能在此过冬的鸟 / 105

雨　水 / 106

兵马俑 / 109

上　路 / 111

卜梦辞（组诗）/ 113

　（之一）鼠洞盗墓 / 113

　（之二）地　铁 / 115

　（之三）隐身术 / 116

　（之四）八卦村 / 117

　（之五）口　渴 / 121

　（之六）午　夜 / 123

　（之七）跌落的红屋顶 / 124

　（之八）游墓歌 / 126

　（之九）一张纸是很念旧的 / 127

　（之十）词语隔离区 / 129

（之十一）明天，我们坐下来谈河流 / 130

（之十二）草的修改方式 / 131

（之十三）穿墙术 / 133

（之十四）故里信札 / 134

（之十五）虫　子 / 136

第三辑：取暖的人

良　宵 / 140

取暖的人 / 142

你只是抬起头看我一眼 / 143

到远方去该带些什么 / 145

城市小夜曲 / 147

陌生人 / 148

明日有雪 / 150

抵抗潮湿的黄昏 / 152

在画室里种一棵土豆 / 154

到梨树看望玉米 / 156

五点钟的秋天 / 159

成为父亲，我需要准备什么 / 161

城市的夜，被灯火拾掇出来 / 162

相同与不同 / 164

与故乡有关的细节 / 165

铺张的春天 / 168

父亲来了 / 169

此　刻 / 170

会疗伤的盆栽 / 171

熄　灯 / 172

这样的一天是安静的 / 173

我所喜欢的房子 / 175

我还能爱你多久 / 177

第四辑：敬畏之心

不敢的事 / 180

自　白 / 182

忽然想到"活着"这个词 / 184

冒　险 / 186

最后的晚餐 / 188

附近的人 / 190

错　误 / 191

在诗的背面写诗 / 193

恐　惧 / 195

他们倒下去了 / 198

悔　悟 / 200

屋子里最暗的时候 / 202

无能为力 / 203

约　等　于 / 205

我安静地坐在屋子里 / 206

土　豆 / 207

关于诗 / 209

行进中的蚂蚁 / 210

站在火山口处我想到了什么 / 212

我与树还有什么区别 / 214

我在灯火里看见了什么 / 216

第五辑：向厚皈依

艺术品 / 218

我是猎人 / 220

向厚皈依 / 222

出　门 / 224

出走的念头 / 226

如果衰老 / 228

脸是一块命 / 230

就在这里 / 232

阳台上的书 / 234

沿　岸 / 236

乡愁的根须 / 237

夜晚是一块黑板 / 239

黑与白 / 240

敬畏之心 / 241

听闻某作家故去 / 243

午　后 / 245

铁北的阳光 / 246

房　间 / 248

夜幕下的两个故乡 / 250

走过来，孩子 / 253

夜　晚 / 255

十一月的河水 / 256

镜子里的事物摸上去不都一样光滑 / 258

当大地丰收在望 / 259

第一辑：虚拟的我

习 惯

我写诗,常放几件乐器在诗内部
读诗,如斯

写诗时,字是动物
读诗时,字是静物
动静之间,我坐在诗里击缶
偶遇受尽刁难的秦昭王
在句子的廊道里,鼓瑟吹笙
得见歌以咏志的曹阿瞒
或抚古琴,让一些词在弦上振动
以俟不语的嵇叔夜

不了解匠人,亦不了解演奏者

在诗里演奏，自不必完全了解自己
但要了解打铁与刨木的力道
兼及，制作乐器时绕不开的声音
听这声音，像在听手艺喂大的诗

一些诗是独奏，一些是交响
演奏，适合在拳头大的剧场
用村寨里匠人摸亮的响器
或笛、埙、玉屏箫
或胡、琴、牛皮鼓……

指挥演奏，我须出现在诗的不同位置
一会儿攀至上节，一会儿爬到下节
踩着一架梯，安放余音
暖有一种方式，冷有另一种
阴晴有一种，雨雪有另一种
喜有一种，悲有一种
此时有一种，彼时有另一种

现实中，我尚无如此多的乐器

在诗里喊一声,喉管就是乐器

朝田亩撒把种子,幼苗破土就是乐器

此时,即便在诗里遇见几块蹄铁、几只碗

或许,也能击打出一首叫喊的诗

叫喊的诗是乐器,我用这乐器是习惯

沉默的右手

或许，是因为长了一只左手
右手的右，才不多余
我用右手打电话、握手、道别
也用右手把有限的时间搔到更短
将黑夜搔成白昼，黑发搔成白首
更多时候，我用右手写作
我的右手，像我多出来的一种表情
是对左手的一种补充，布满我的友好和敌意
我的右手不发光，照不见向晚的路
但能准确摸到我喜爱的事物
包括，她的左手
不介意谁端详我的右手
它比我的左手粗糙，比我的生活光滑

每个人的右手和我都不相同
一些人让右手荒芜，一些人没有右手
我的右手时常乏力，却攥得紧自己的生活
我的右手，看起来和上帝没有干系
敢于忽略左手的一些意图
我沉默的右手还会扭开一道门
把屋里的时光与屋外的时光衔接起来
我的右手，不会在沉默中灭亡……

阵 雨

下雨的时辰,我不反对
下在昨天也可,下在明天也成
下在梦或记忆里,都合时宜
雨水拍打我,我却化不成泥水的样貌
这或许与内心反对潮湿有关

一定有什么和雨一起飘落下来
空气摩擦,发出或微或烈的声音
有些是经验中的,有些不是
有些声音是雨水无法淋湿的
譬如川端康成笔下雨声里夹杂着落叶的声音
他坐在东京的一间居所
我坐在长春的一间画室

七十载,雨下下停停
他在雨水里想念朋友,孤独是真实的
而孤独,却是我的一种缺失

雨在古代下了一阵,而今又下一阵
两阵雨,是被文字衔接起来的旧事
写过的雨,一场比一场沉重
会有一些事物或声音,再次同雨飘落
雨声裹着风声,风声裹着落叶声
落叶声托着燕雀的呢喃
团着女人的啜泣与婴孩的嬉笑
一阵马蹄声
一阵枪炮声
一阵读书声
……
或横或斜,和雨声保持垂直

阵雨初歇,我为何又听不见这些声音?

那就是我

比那老房子、收音机、铁马槽年轻多了
比脚下的星球、头顶的星空年轻多了
星际里的一颗尘埃、一截做船的木头
看上去孤独,漂浮,居无定所
对遥远的某个地方报以向往

把躯壳当成故乡,把鞋子当成客栈
舞动手臂走向你,没有电影里的复杂、犹豫
体内住着一群人,也住着这群人的乡愁
他们帮我虚构一座城市或一个村庄
他们站在另一个星球上,没有边境
他们是群异乡人

即便不被岁月流放，也会到别处去
把生活搬远，足下地用以怀旧
把向往的位置，真切地热爱一次
那就是我！

独　处

坐在炉火旁，或一盏灯下
我忽闪忽闪的孤独
在这宇宙的一颗尘埃上，能有多重？

被时间劫掠的事物，还很年轻
夜空把星辰分开，彩色的命将你我分开
我们能否在同一个地平线上，再次相遇？

松开亲人、朋友，再松开睡眠
松开黎明，再松开离落的火光
我的孤独，是大白于天下
还是，无限接近背光的夜色？

虚拟的我

孩提时,我有一个玩伴
他是谁?什么模样?
着何色衣服?穿何样鞋?
多高的个子?怎样的嗓音?
你问,我答不出

他是我臆想出来的,一个不完整的角色
我把他视为我的朋友或是敌人
我和他对话,做游戏
这些还有那些,都是虚拟的
包括,颜色和质感
包括,体量与空间

有时候,我们也交易
我扮作商人,他充当买主
我似乎能看到他讨价时的表情
一些瓦块是肉,一些沙土是粮
在一个不需要太多人居住的城池
我们与贫穷抗争,像一场魔术

我也将成为那虚拟中的人
我虚拟着他的执着、果敢
也虚拟他的爆发力
从而,对那些躲在黑暗中的事物发起攻击
我虚拟他的温度、秉性
也虚拟他的存在感
看一看,能否让自己
在两个不一样的世界,同时存活

发　呆

我莫名地发起呆,像突然忘掉自己
不再和这个世界产生联系
上帝与我无关
空气与我无关
水、电、燃气与我无关
墙与我无关
门与我无关
战争、疾病、哀号、欢笑……
消逝或诞生的
强大或弱小的
朴直或奸猾的
……

统统与我无关
我发起呆,便无暇顾及这些或是那些
我未来得及热爱的时间,空空如也
我发呆的时候,我便空了下来
我空着
像为大地减轻了重量

我是一个未被秋天击中的人

十月，乡下的作物不肯枯黄
它们像我一样，不染发，不整容
玉米是玉米的样子，花生是花生的样子
这有多好

父亲说：今年晚来了一个节气
即便回到乡下，也无法成为收秋的人
天不冷不热，大地舒适得像一张床
但是不能躺下，能做的事还有很多

风路过我，就去了别处
借助它，我想着曾和自己站在风中的人
心像一个大院子，得有人经管

孤独是一件大事，我做不来

叶子还未落下，把风留在树上
秋天总是很静，像一个躲在暗处的刺客
我能感受季节的能力正在退化
在躲闪中，未被秋天击中

遇 见

我去河里找水,俯身
在一条清凉里,意外找到另一个自己
我们对视,目光清澈
一个遇见前世,半是朦胧
一个遇见来世,耳朵里灌满光阴之声
我们都喜出望外
我会离开这条河,替另个自己继续修行
也会走到另一条河边
那时,我会笔直地站一会儿
望一望河的对岸,然后低下头
在清凉中,盯着另一个自己
那时,我希望遇见的是一个来世
依旧着素衣,说简语,走路轻

在心里开矿,打铁

对待软硬,拿捏得当

依旧带着周身的烟火,活得寂静而有声

他不需听前世嘈杂

可自此顺流而下

在另一个低处,重新开始

我直起身子,代替前世、来世继续前行

或走到对岸,以寻得道

或继续留在这里,做一个临水而居的凡人

我恰好也在灯火里

那些滚落的夜色,像苹果一样成熟
没人摘,它们遍地都是
我像一个汉字,站在灯火中
灯火不会将我译得比夜色还深

谁孤独谁就是我的亲戚
孤独是一个单数,数到它它便消失
星斗是夜晚的鸟群
如果晴好,能看见它们像灯火一样在飞

身体中的事物比大地还沉
我不能看见灯火照进心野的样子
在那温暖而灰暗的空间里
我观望自己,就像望着隔岸微黄的火苗

减　法

少了庭院洒扫
少了屋后鸟鸣
少了朋友相见
少了往来信函
少了电话打扰

过得越来越静谧、拮据、狭窄
少了胆量走到人群中去
心脏还跳，但少了激情

活得丢盔弃甲
活得像个闲人：
一个半空白的人

一个与世无关的人
一个被上帝遗忘的人
一个准备重新开始的人

举起一块橡皮

也许,我该写一幕有关橡皮的话剧
小众,在昏黄的剧场里
每个人手里都有一块橡皮
等大,却有不等的可能

关于台词——

A 说:
举起一块橡皮,像举起一种可能
可能不是空白
B 说:
举起一块橡皮,像举起我的故事
越来越不完整

C 说：
举起一块橡皮，像举起一把手枪
用它柔软的子弹，修改时间的旁白

A 说：
举起一块橡皮，像举起一颗棋子
到处都是活眼，我还犹豫什么？
B 说：
举起一块橡皮，却擦不去周身浮尘
险些擦掉家族史和肤色
C 说：
举起一块橡皮，擦去没有准备的爱情
包括胆怯、卑劣，但别擦去必要的苦难

旁白：
拇指大的绝缘体，不沉重、不复杂
它的身体，将与那些错误一同消失

一个丢失乡愁的人

对于故乡,我一知半解
我爱它什么呢?
爱它的过去时还是现在进行时?
爱它的苍茫、狭小、破败?
还是家人日渐衰老的容颜?
这些,心野上到处都是
不必放于故乡里去爱

我恨它什么呢?
恨它太过深邃,像一口井?
恨时间太急,抱走了我的童年?
恨它的苦,像咀嚼一口树叶子?
恨不起来,心便无火

烧不动木头，也炼不了钢
不热烈不锋利的都不是乡愁的元素

故乡随时成为异乡，我随时成为过客
站在陌生的家门前
我像一个丢失了乡愁的人
一个信号不稳的半导体
一株在山水草木间发愣的植物

不 露 面

我不愿在哪首诗里露面
但你总能在我诗中的
一朵花
一片叶
一湖水
……中找到我的影子
像我故意将灵魂安插在那里
像人烟、灯塔,或者
像一面旗

信

火车上,想早年写过的、撕毁的、留存的信
那时不用电话,动动笔杆,信就变长
开头常要说:你好、近来好吗、好久不见
这些字眼儿,确定三种身份
说你好的比较客气,大都是陌生人或半熟人
说近来好吗,是较为熟悉的人
说好久不见,是老朋友了,却不常联系
很多话想想都很模糊,虽然那些字都是从体内出发
能记住的话,要么甜得恰当,要么苦得沉重
都像一块石头,在心壁上敲
写信,大都要谈论一些自己熟悉的事
要把自己的经历拿出来,地图般在纸上铺开
那时候我们写信,像两个孩子叠纸飞机

一些半透明的心里话写上去，就飞到对方手里
有些话像盲肠，来不及切掉时就发炎了
一字一字，钻心地疼
等信，很是漫长
像经历一场手术，短暂的总被拉长
当火车切进黄昏，有些伤口正淌出温暖的汁液

被虚空注满的人

一个被虚空注满的人,看起来像个器皿:

不同于玻璃,他并不透明
搭乘运输工具,不用贴上"易碎"
不同于陶瓷,想刺伤他不必用金刚钻
想摔碎他,也不必举起来
不同于不锈钢,他额头上的高光很稳定
没有镜面的身体,磁铁亦吸附不上
不同于塑料,不易燃、不可回收再利用
对于世间的告别,是一次性的
不同于木头,他的肤色不是漆出来的
几根钉子和胶水,固定不了他的一生
……

一个被虚空注满的人,看起来到处是敞口
空气般漫溢出来,注入更多人的体内
我看见许多器皿在大地游走
看上去满当当,端起来轻飘飘
一个被虚空注满的人是透明的
感觉上不复存在,敲一下却有回声
……

用这短暂的一生让出什么

让出弧度和棱角
让出不知道和说出来
让出孤独的时辰和欢快的空间
让出子夜和黎明
让出村庄给后来者居住
让出河流给远方的鱼
让出粮食给饥饿者
让出血液和骨给一块土地
让出一条道路
……
用这短暂的一生
我或许能让出辽阔

我

我的衣服,像一座皱巴巴的城市
住着我,以及那些宽松的思想

我的胳膊,像夜晚的树干
一本书,像鸟一样在树梢上栖落

春风过,秋风过
我在水畔躬下身子,向里面的一种鱼学习

继续赶路,不管明天是否到来
我都愿意,过逆流而上的生活

客观理由

除了语言、手势,还有不多的嗜好
其他,我攥得稍显力气不足、把握不住
我不想松开的,恰好是——
我决定不了,且无法阻碍其消失的
松开过一路青草气,在鼻子不够灵敏时
松开过雨水拍打窗棂的声音,在深度睡眠时
松开过家园昏黄的灯火,在星退月落时
……
但,我不想松开一些感受
一些诗,是我对这感受的一种默写
也不想松开一种存在
把命放进去,搭上一些光阴
我不想松开自己险些被人群遮盖的脚步声

也不想松开一些温暖的面孔及往事
……

即便被巨大的人流卷走,也是这世界的局部
在那人群里,定有一些人
使我的爱有的放矢,让我活出想要的模样
这是我不想松开人世的客观理由

我的身体是一座房屋

题记：身体如旧屋，修葺事也！

我在我的身体里袖着手，旁观
一把老旧椅子，木板伐自我身体中的树
而树，还成我屋的梁，衣的柜
可耻的是，我还劈开它
烧热一方诗一样的火炕

我说我的身体是什么，它就是什么
是瓷器、乐器、一条不柔不硬的河
读它，至天明，至月升
把自己盛在里面，作梗
在淋浴头下读，在X光机上读

读出禅意,却读不出古意
它尚无锈锁与木板的旧态

我在我的身体里读
开灯读,关灯也读
用衣服翻译轮廓,用岁月逼出毒汁
不同于廉颇、岳飞、关云长
也不似李白、杜甫、贺知章
更不是久存于庙堂、市井上的一把木梳
不必梳落太多不起眼的愁郁
藏匿我身体里的人,有许多
来呀来,去得去,稀释我一半乡愁
废园荒芜,草木如故
这肉身不是我的出路,也不是你的出路

我的身体是一座房屋
一座温暖的墓穴
一个缩小的宇宙
有蝴蝶飞进飞出,有猛虎与雄牛在此踱步
我在身体里搭台子,照镜子,串门子

用身体里的菌丝与叶绿素

牙床上的钙和血管里的路轨,唱戏

也在我的身体里写信,盖邮戳

把一些小心思,放飞

也于一扇门前

思考"推"与"敲"的妙意

我在我的身体里找一架梯

爬至高处,俯瞰体内河山

我所经过的河流

我在走,还是你在走?
河床在走,还是水在走?
水在走,还是时间在走?

我要提醒很多人
时间,不是从这里流走的
逝者如斯,仅是不太恰当的比喻

河流的时间也不知流向哪里
时间或许是种气体,浮在河面上
慢腾腾地到来,急匆匆地消散

时间是圆的,

时间从这里开始,也从这里消逝
而河流,还不知从哪里开始

家园建在距河不远的位置
河流走得急
来不及倒映天空,也来不及倒映往事

我所经过的河流,大都不够清澈
像年少时的我——
因了混沌,常常忽略时间的存在

思 空

有些地方空着，还未准备接纳

我的心，有些窄

许多事物惹我惦念，总也腾不空

今天又有多少人永久缺席？

在这近晚的时间里，念不出他们的名字

这种空，让我无助

他们空下的位置，将被夜色填满

夜，可能是这宇宙中最大的一处空

我也会成为夜的一部分

夜提着我，我提着灯火

有灯火的夜，空着的我，不空

在你的人海里消失

想找一个理由,在你的人海里消失
用明快的色彩、跳荡的笔触
消失成一个灭点,与大地的尽头融为一处
我或许会消失得不够彻底
在某个午后,于你心底跳将出来
带着,紫罗兰色的水印
我会消失成你看不见的样子
带着透明的愁郁和不多的行礼
带着浅浅的呼吸和不算坏的脾气
慢慢消失,挪腾出一片空茫
这些迟早不属于我的,或许会属于你
我不会等着道路走向我,再去消失
我要走过去,把路踩在脚下

让记忆咯吱作响，念着你的名字
这条路，通向的并非是我一个人的世界
在它上面，弥荡着整个人类的烟火和谈笑声
因为爱上这世界，我才发觉路的意义
这是人群里一条隐秘而狭窄的路
且让我最先走上去，找到一个理由
好在你的人海里，消失成一首并不刺目的诗
让你在余下的时光里，反复吟咏
像是我没在你的人海里消失一样

在故乡一个人饮酒

大片大片的暮色在酒水里降落,呼吸匀畅
灯火中,我坐下来,面对镜子聊一些久远的事
镶满窗子的斗室,三面纸一样洁白的墙不写一字
满酒的杯子碰着空杯子,碰响天黑前最后一缕阳光
被暮色喂饱的故乡,托举着被酒水喂饱的我
酒在身体里成为越游越细的河流,带着火种的歌声
黄昏的故乡和此时的我一样,是醉着的
酒水里点着灯笼,辣与不辣都要努力熄灭
就像酒气,弥漫着渐渐消散
混沌中,一些事物的声音是远的
酒让本就消失了的事物,消失得并不彻底
也让一些遥远的事物从远处靠过来

酒水里,那些蔚蓝的、透明的、黄澄的气味
沉浸在每一滴酒的血液里,团抱着灵魂的心脏
我始终在酒水里站着,连同挂着三盏月亮的故乡

我是一个什么样的人

我在诗里下雪,也在诗里扫雪
断不觉白茫茫一片真干净
我是一个在诗里有洁癖的人

阳光布满房间,省略夜晚
早点端上来前,省略饥饿
电话和房门关掉,省略问候
我是一个省略主语的人

激动时,我是人群里安静的一个
忧伤时,我是人群里安静的一个
孤独时,我比时间安静
受伤时,我比伤口安静

我发出声音时,世界变得安静
我是一个适当喑哑的人

缝合一个夜晚和一道峡谷,难度不太一样
面包上的暮色和茶水里的暮色,味道不太一样
我是一个喜欢找碴的人

在路灯下回忆往事
在画布上修复日记
我是一个迎风流泪的人

时间不再续杯,羞耻之心不断注满
在拳头大小的湖泊里,倒映自己
我是一个站在镜子里的人

人类睡下,宇宙增大面积
抱着空荡荡的身体,我突然成了容易失眠的人
一个被乡愁养大的人

第二辑：隐形云梯

星　空

我曾很多次，在故乡院子里
在夜幕中的丘陵、山冈，头顶星空
午夜，在时间的避难所和星斗相遇
不一定是石头、火、灯的手臂
不一定最近、最远，按着我的意图站在那里
不一定明亮，让人叫得出名字并且抵达
不一定沉重、深邃，惹人挂记
不一定讲逻辑，讲信仰，讲理想主义
不一定接受众多比喻，不一定有多么美好
可以是一条条紫檀手串，海滩上发光的沙砾
可以是赶上夜空的羊群，点着烛火的朗诵者
可以是无数个孤独的岛屿，或夜空的头皮屑
抖抖夜空毛发，就有流星划过

燃烧，像星空最坏的打算
我，是被这燃烧击中的一颗石头
灯火般，游走在另一颗巨石之上

在城市，被光充满的夜晚
星空许久未见，消失得像一些人的祖国
被枪声淹没，被呼号声遮掩
被无处不在的黑洞拉扯，大隐隐于苍穹
待一切平静，星空复原
穹顶之上，仍布满平和的光辉

能看见的星空并不完整，你与我
一会儿在它里面，一会儿在它外面
只有想象中的，才能完整铺展于心之天幕
星子占据天幕，为何我们如此宽容？
星空或站或倒，就是不肯跪下
跪下的光不会耀眼，不会让人敬畏且仰望
一定有一些孩子蹲在地上，等待天上的雨水
留言条般，把星空的消息带向大地
一定有一些物质，早于我们的视线

抵达一种神秘，穿透一种深邃

夜晚打开星空之门，有些静谧不可打扰
我时常打开手电，对准夜空
用一束光，丈量我与某颗星的间距
在距此N光年的位置,可有生命给我回应？
可有看到，我脚下正在发光的大地？
那里睡着我的祖先，醒着我的母语
我积攒那些光，写一首朝向星空的诗
用诗里的光芒，抚摸人世
我仰望足下的位置，那里站着我的祖国
我的祖国，是星空不可或缺的一部分

当世界被雨水笼罩

雨,淋湿园子里的草莓
雨,先尝到草莓的甜香
淋湿草莓的雨与淋湿这片土地的雨
或许,是一场
分散成很多细节,落入更多人的院子
坐在院子里听雨
听雨时,雨在听风
风碰到我,云却碰不到
雨是云急哭的样子
雨不会占用很多空间和时间
它会渗入泥土或尽快风干
不至于让世界看起来过于潮湿
雨,淋湿我的祖国

雨拍打着你,也拍打着我
雨将我们系在一起
而我们却不肯成为雨的一部分

当世界被雨水笼罩时
与雨水对视,我的犹豫、孤独、落寞还很干燥
我不知:
雨来和雨去,哪个更让我伤心?
雨水与我,哪个才算上帝的弃儿?

想象力的完成

村长,一双黑皮鞋上墙
擦鞋的时间,鞋在刷子停顿处午睡

最先擦亮一只,另一只寂寞如初
全部擦亮,重新上路

我看见,一对乌鸦在土地上缓缓飞行

也门婴孩

一说也门
我便想到乌达·费萨尔（Udai）
一个在战乱之地饿死的五月大的婴儿
还会想到帕里德
一个在捉迷藏时被弹片击中的六岁男孩

和枪炮声躺在一张报纸上
乌达·费萨尔与帕里德是时间、地点、人物
不是事件起因，却是结局之一种

奄奄一息时——
乌达·费萨尔即便在哭，也因身体缺水流不出眼泪
帕里德哀求着："不要埋葬我！不要埋葬我！"

落生就是难民

没有充足食物，没有清洁的水

饥饿、干渴、疾病，被不远的风吹过来

没有选择权，无法将生活搬到别处

我想问问这个世界：

哪里才是也门婴孩最后的家园？

看一场叫作画皮的剧

坐在小剧场,看一场剧

舞台上是大片灯火
舞台下是内心翻滚的人群

剧叫画皮,绘画的画,人皮的皮
聊斋里来的妖,有些痴心

坐在最后一排,不光看剧
也瞄几眼看剧的人

灯光一会儿暗一会儿亮
我一会儿是夜晚一会儿是白昼

一会儿是陈氏，一会儿是如画

一会儿甜言蜜语，一会儿没心没肺

我以外的人

一会儿毛茸茸，一会儿胆怯怯

一会儿道高一尺，一会儿魔高一丈

一会儿是柳，一会儿是门

一会儿不念旧情，一会儿以心换心

合眼思忖：

人前人后两张脸

行走在这迷宫般的人世

多像在衡量一颗心到另一颗心的间距

管　窥

没有快马，看山须夜里赶来
住在医巫间脚下，揽起一爿清幽
一只鸟，停歇山间
夜色葱茏，无法窥见身胚
只听得哨音暗红，如风抵临

灯像夜晚的伤，不爱愈合
在这里，每扇窗都写着疼
像割在袁崇焕的身上的刀口，疼痛明晃
我打开窗，让风进来
把上帝忽略的地方，看个究竟

夜晚，只有这里寂静得像远方一样

我让自己空荡下来,避开乡愁
避开无关琐事,甚或草木的覆盖区域
让自己拿出时间来,在刀口般的灯火中
管窥,一座山的精神海拔

隐形云梯

春秋人心太高,公输般为楚造云梯
没有神的殿、天的门,只够得城墙上的风声
兵戈、杀伐爬上去
起于草野的命,跌下来
……

1986年,萨尔加多镜头对准巴西佩拉达金矿
泥泞斜坡,五万人背负沙袋登上绳木摇晃之梯
知识分子、工人、农民……
没人被奴役,唯欲望在梯上呼唤
谷底至谷顶,跌落升腾
在这平日不得见的世界
沙袋里装着金子,也装着淘金者的墓碑

我父亦为木匠

楚惠王找不到他，巴西佩拉达也没他的跫音

在一块见方土地，他用榫卯固定烟火

做梯是他拿手活计，唯自家梯粗糙

等粗原木横杆，等距铆进两根长木

千层底、橡胶底、泡沫底……

同炊烟一道爬上屋顶，翻晒谷物

风爬上去，云也爬上去

日头爬下来，带着马嚼夜草声

苍穹醒着星，屋顶睡着粮

粮食体内的水，被时间掏空

人间，得一日失一日

闭上眼，一架梯立在时间体内

向上够得屋梁，向下抵得墓床

在忽上忽下的视线里

我窥见了——

人世的忐忑之心

"乌"与"鸟"

"乌黑"可以解释为"深黑色"吗?
"乌有"可以解释为"虚幻"和"不存在"吗?
"乌"可以解释为"老鸹"吗?
如果可以,我试图做以大胆的设想
乌有之乡、乌有之词、乌有之鸟
都是或虚幻、或黑色的领地与物什
"鸟巢"可以理解为鸟哺育后代的住处吗?
"鸟瞰"可以理解我从高处向下看吗?
"鸟"可以理解为长尾禽总名吗?
从屋檐下,或是密不透风的林子放出鸟来
沿鸟道而上,一半飞翔,一半行走
"鸟"比"乌"多出的一点
许是多出的一点勇气与光明,有鸟高飞

鸟就在这多出的一点里,活命
飞鸟遗音,鸟声含恨
一些鸟倒在枪下,一些鸟囚于笼中
他们依旧努力飞行,突围
进了乌有之乡,成为乌有之词
后以乌有之鸟之名,落纸书写鸟篆

这世界还有多少种可能

逆流的鱼会合于上游
有的花在夜里盛开
许多种疼是看不见的
许久未见的人在街面擦肩而过

明天我将是谁,明天我什么颜色?
许久以前,我是褐色的
今天我是透明的
我没有了颜色
透过我,能看到什么?

时钟不动,而时间在走
除了存在与灭亡
这世界还有多少种可能?

钉子推理

阿门，钉子钉疼耶稣的声音了吗？
耶稣是人民在一张纸上画下的面孔；
是人民的眼睛、嘴唇、手臂、脚掌、心脏；
是人民的心跳和呼吸；
是人民窗外的雨水和厨房里的粮食；
是人民赶上天空的星辰和羊群；
也是人民内心神圣的语言；
更是人民的肉体。
也就是说：钉子，会叫喊的钉子，
钉在了人民在一张纸上画下的面孔上；
钉在了人民的眼睛、嘴唇、手臂、脚掌、心脏上；
钉在了人民的心跳和呼吸上；
钉在了人民窗外的雨水和厨房的粮食上；

钉在了人民赶上天空的星辰和羊群上；
也钉在了人民神圣的语言上；
钉在了人民的肉体上。
然而，钉子钉在人民的知觉上，
人民，却没有喊疼。
钉子,钉疼了耶稣在人民心中活着的声音了吗？

在那上面还有什么

在那上面,风声很紧
树木扎堆儿,聊些散不开的话
越往上走,越接近一种来世
火山口拽下天空衣角,一池蔚蓝

在那上面,灯火不太茂密
不能吸烟,不能独自一人进入林地
哪里都有生灵,都够坦然
原始森林,是时光之碑
有人在此寻参,难得喊一声"棒槌"

我不是被夜色赶到这里的人
也不是穿着夜色,在此拍下星空的人

火山灰，盖在荒凉的上面
叶子，盖在火山灰上面
阳光，盖在叶子上面

在这上面，我还可以是谁？

我睡在时间上面

夜里,我睡在时间上面
这一张床,在无尽河面漂浮
使我截取一命,做桨

星斗满河,两岸灯火阑珊
天地有心,织一张夜网
避不开一些响动,索性放入梦中
我离静谧忽远忽近
人间于我忽冷忽热

有人在上游弹琴,惊起鸟声
有人在下游浣衣,涟漪微漾
时间不止兮,有人老去

忆念逝者兮，泪眼迷离
看山不是山，看水不是水
看我不是我——
这张床，托举一种沉重

夜里，我睡在时间上面
睡之前，只在身上盖一层薄尘

春天的尾巴

绿皮火车滚动的声音
让空气、鸟、蝈蝈的叫声绿起来
河塘里弹出蛙声和月光,文字里
弹出,热爱土地和天空的人们
把羊群赶到草原,羊就乖乖一路啃到夏天
跟着太阳游走,猩红的舌头舔开一地繁花
打开门窗,让静默的身体爬出发烫的空气
灵魂水声漫过周身,和陆地上的植被一起唱歌
远在远方的故乡,一亩麦子疯长成瘾
请挂在天空的声音都静下来,让痒痒的
皮和叶子在树木的内部,伸展
必须一方静下来,才能听清植物生长的声音
潮湿的风,穿过城市和乡村的堂屋

风越低，越能看清翻动书页的细节
风越高，越能提起春天拉紧的纸风筝
风撩起头发，沙子在风里吹口哨
挂在午后的衣，兜住沙子的唇
黄昏西开，烟尘红彤
饮下一杯酒、一杯水，水火交融
猫伏于窗台，窥探阳光下的隐私
树上的乌鸦，烧焦般黑着脸和身体
黑夜如水，越洗越脏，
白昼的尾巴，涂满哥特式的灰暗和阴郁
昏暖的记忆，将全部碾进夜晚的灯芯
灯火让一扇窗子在茫茫黑幕中探出脸来
灯的眼睛比夜晚明显，比一条死亡的鱼孤独
灯抵达另一些人的心、胃、眼
揣一串打不开房门的钥匙，站在门外
灯暗着，肩膀上的月光凉下来
一江水纹丝不动，黑准备随时将我淹没

排练死亡

如果有人死去,一定会有一部分的爱和恨死去
最先腐烂的是肉,其次是骨头与念想
生前,一些人站在左边,一些人坐在右边
死后,他们选择性地躺在最后的底片上
敏捷的痛苦和仇恨,都会随他的呼吸止住
当然,有些人愿意把虚拟的恩怨加以延伸
愿意相信彼此还是来世的对手
坐在短暂的时光里,让时间的走动分外标准
其他一切运动着的,都是对时间的模仿
水模仿时间的走向,大地模仿时间的表情
而天空,正盛装在时间的永恒之中
以至于,即便谁停下脚步也无法驱赶死亡
都要败于时间,且又被时间扶上历史的王位

成为排练死亡的傀儡，在蔚蓝的暮色里燃烧
如落日般，带着最后的火，坠落
这极像一个昏沉沉的王朝，在排练灭亡
没有人想着复辟，没有人想着苟活

日常生活

一些音乐是日常生活的一部分
一些季节里贴身的冷暖是
灰尘和噪音更是
柜里的毛衣不是,霉味却是
风走过来走过去,没吹干净的思念也是
地名、方言、门牌、手机号是
孩子的啼哭与妻子的呼吸也是
走熟悉的路是,遇见喜欢的人却不是

我时常回到一间房子,成为它的日常
也会开门出去,带日常遛个弯儿

我让自己活得内心有山有水
和坚硬与柔软撇不开干系
活着是，死了或许也是

素 描

他黑着脸,连身体也是
没有冷暖关系,也不考虑补色
没有色彩的表情摆在厅里
一脸的灰调子,擦也擦不去
棱角被皱褶覆盖
明暗交界线不齐整,反光也显暗淡
他一生的投影像个婴儿
碗大的凹地便盛装得下
前半生主攻色彩,后半生主攻雕塑
而今,方才画出一幅很好的素描

城市镜像

城市是大地的嫡亲,时间只摧毁它的躯壳
阳光不断提取它成型前在大地积攒的温度
这些温度的火烧制出城市的一块骨头
镶嵌在适合的位置

在灯火的包围中,没有睡意的人们
从一张纸上望出去,看到另一个世界
一种具象的声音从一栋楼房里递交出来
像一张纸条,写满内心拥挤的脚步声

天边推来的暮色,搅拌在城市的肠胃里
晚归的人涌向地铁入口处和巴士站台
远楼的窗口忽明忽暗,在跳闪中交代白昼的疲惫

无数心脏代替城市跳动，无数鼻孔代替城市呼吸
在城市体内，酒是透明的，餐桌亦然
半透明的生活，使透明中隐藏身体的人走上台去

站在高处，接近天空最为硕大的部分
把天空酿成信仰，通过雨水的坠落告诉更多的人
肉体不能上升的高度，只能通过意念抵达

行 走

人类在增加,房屋和呼吸的音量也在增加
但是,人类撞击时间的声音却微乎其微
大地上的道路已经密密麻麻,路却失去了概念
人类在行走,类似于野兽在招摇过市
托着劣质的脚步声,在戒备森严的楼宇间穿行
渐渐厌倦了听,瞬间,同路人变成陌路人
呆坐在人类的声音里,困倦即将来临
人类不需要自由,不需要自由的祖国吗?
作为失去自由的人类,我要走出囚笼
走完人类的道路,把足迹还给死亡
在死亡体内架起相机,用时间冲洗灵魂的底片
还原自由、正义和良知,把我交给我自己
在祖国的怀抱中行走,在世界里行走

那只鸟记得来路

很多事物在缓慢飞行,例如恐惧
有一双战栗、暴突的眼睛,盯着我
在放大的瞳孔中,有一种磁卷走我的意念
是空白的,在宽大的空间里收拢界面
被很多这样或那样的细节重伤,喊出疼
那邻近夜晚的虚空里,有一段时间被命名
我叫它,恐惧进行时
推开你们的掌声,在一条街上独行
成为这座城市中行走的钉子,一点点钉向远方
尽量保证内心碎片的完整性,虽然不用黏合
我依然像墙外的鸟一样,飞落下来
把一些空中没有的食物,填进胃里
一直继续着,保持完成选择题的姿势

恐惧埋进体内的时候,并不知觉
但略微知道,有一些缓慢飞行的事物
正一点点地死亡,而后埋进厚厚的土层
我像一只鸟一样,有时需要按着来路飞行

河 马

在你身后的热带草原,散布河流
住着,群居的河马
像慢慢吹鼓的气球,被河托举着行走
水下模糊,看不清远处
这些白昼里梦游的灯,在浑水里走动
捍卫栖息地,躲避狩猎者的枪口
歇在自己的河,在夜晚接住星光——
那些散碎银子,不能买下任何一条河流
只能积攒着,让时间敲打成夜晚的首饰
可以看到,河马从水中抽出身来
打开河流的门,岛屿般开向陆地
浑身湿透,带着古风
走上岸来吃草,样子比羊温顺

埋着头，不言语，不反驳
嘴巴比河流要宽，能吞下每一个深邃的夜
阿非利加州简称时，像一种干脆的否定
在它上面活着，需要向现实说：不
旱季到来，河流瘦成生锈的干草叉
丧失家园的河马，大大小小地走向远方
居住过非洲所有的河流与湖泊
在生活的浅水区，不肯做个弱者
这些结实的诗，走起路来让大地咚咚作响
像一群游子，在夜色中叩响家门

磁的触觉

立于黄土,切开磁铁
像切开的一条蚯蚓,还安静,还躁动
磁场里的江山,一半阴,一半阳
打开两极,用无数触须建构的弧
包裹河水也包裹短刀,在灵魂的弯道里
打开两极,生四象,生八卦,生诅咒
拆开肉身与影子的距离,缝补归来的魂魄
遗失让丢掉的存在,落地生灰
形成被呼吼、号叫、呐喊磁化的胎
在灵魂的凹凸处,劈开声腺的阻膜
一半盛水,一半盛火
知觉依然存在,在磁场里埋下自己的往事
让空气里的磷,抓起纸屑、木屑、铁屑

连通远古的旧照，一起燃烧
放一盏孔明灯，在一张铺开几亿年的地图上空
照亮黑与白的修辞，照亮大于等于自己的历史
抽一丝欲望出来，关上门
掩掉多余的触须，隔开半人半鬼的空话
选择蜗居抑或盘踞，留下未来磁场
连同两个可以继续衍生的端点

远　方

大地上的线条、符码，引领我找到远方的秘密
我从镜中看向远方，踱到远方就看不见镜中的自己
我在河流里看向远方，鱼群游到远方就成了骨头
我于人群看向远方，人们走到远方回下头就成了灰
我站到比镜子、河流、道路更远的位置
看远方，远方静止不动
我站在远方的时间里，看向奔跑的事物
它们正从遥远的地方向我奔来，我成为远方的秘密

这里没有人类

这里没有语言,也没有重力;
没有水,没有过往的鱼群和船只;
没有大地该有的褶皱,让时间陷进去;
没有地震、海啸、泥石流;
没有下坠与上升,没有生与死;
没有柴、米、油、盐、酱、醋、茶;
没有玻璃光、汽笛、垃圾,没有焚烧和填埋;
没有法律、军队、监狱;
没有枪支、弹药、集中营;
没有房屋、坟墓,没有床和墓碑;
没有神庙、祭坛、阅览室;
没有宗教、美育,没有真理;
没有信仰和学术,没有信徒与学者;

没有诗人、画家、音乐家；

没有印刷术、电子书和读者；

没有建造和拆毁，没有捍卫和破坏；

没有国度、种族与阶级，没有尊贵和贫贱；

没有欲望，没有金钱和权力，没有贫穷和富有；

没有性，没有爱情和婚姻；

没有姓氏和家族；

没有黑与白，没有色彩，没有爱与恨；

没有古董，没有盗墓者和收藏家；

没有黄赌毒，没有色鬼、赌鬼与烟鬼；

没有酒，没有消愁愁更愁；

没有影院、酒吧、小旅馆；

没有导演、演员、上座率；

没有好消息，也没有坏消息；

没有乡愁，没有一首写在虚无里的诗；

没有人类，没有开始也没有结束！

退　场

离开河流，离开水
离开搅动咖啡的声音
油画中的空杯子站在墙上，被灯光注满
一首诗的时间若有若无
暮色试着淹没街上的物体，又渐渐拧亮灯
雕出天亮前静止的一切
身体中晃动着词语，写在空气中
大写、小写，繁体、简体
从左向右，从右向左
夜晚晃荡着叫卖声，在城市的胃部摩擦
出租车、路边摊、小旅馆、按摩院
从南向北，从北向南
从嘴巴抽出来的秘密，大于真实

俯身寻找灯火的人，只看到被灯火拉上的夜晚
在漆黑的现场，看不到舒服的表情
巴士车窗拼接出来的，像极了站在墙上的杯子
被反复注满，被反复倒空
于是，站在街上的人都觉得不合时宜
因为，灯火不久将要熄灭

隐秘的力量

总有一些力量是我们肉眼看不见的
例如磁场的力量、风的力量、水的力量
病毒的力量、爱的力量以及词语的力量
在我们看不见的地方聚拢
而后晃动手臂,催促着一些事物诞生或毁灭

隐秘是相对的,相对于自身
它们的发力点都有根基和母体
像种借助墙体爬行的植物
须抓住需要他们释放能量的物体
然后进入物体内部,或开或关一些窗

玻璃,并未阻隔视阈

但,着实有近乎于无的物质挡住去路
浅浅的叫嚷和呼救被彻底瓦解
一种隐秘力量在道路上被削减为零
总该回到来处,来处或许就在被彻底解构的地方

倒　影

大地——一块放倒的墓碑
谁歇在上面都可以
可以是鸟，可以是鱼
也可以是一些嘈杂或微弱的声音
翅膀歇在上面，鳞歇在上面
天空歇在上面，水歇在上面
历史歇在上面，音乐歇在上面
……

诗跟在后面，也歇于其上
写诗的人，在大地上翻晒谷物
像一种淘干粮食血液的作业
也像，风干多年前的自己

额头湿润，像清晨顶着露水出发的人

夜里，站在大地上眺望宇际
发现自己的诗有些像星空的倒影
如此热爱自由，多像大地的囚犯
我们的倒影在夜空

谋　杀

"灵魂，大地上的异乡者。"
"癫狂者已经死去。人们埋葬了异乡者……"
　　　　　　　　　　　　——特拉尔克

一小片树叶，用来遮羞还是遮凶？
我问，你不必回答。你问，我缄默不语
企图造成你的死亡，暂未造成你的实际死亡
这种行为，陡添了危险的两半细节
你与我的联系，被线条交代得很清晰
有平行的时刻，也有产生焦点的机会
你与我的纠缠，干净一如路不相逢之人
死有死的动机和根源，死是进行时
于是，谋杀也是，谋杀正在进行

你说：人人都有秘密，都有恐慌的根源

我说：你并未感到恐惧，因为你的秘密太少

秘密被皮肉裹着，被嘴唇裹着

很多人，在天黑后才交代一切罪行

仿若夜晚深许，可裹住他们的秘密

在灯管下，没被照亮的心脏还有黑渍

这娘胎里带来的黑渍，顽如虫卵

阉割不掉罪恶的根源，罪恶就极为可能泛滥

在私人化的空间里，整理着惊悚画面

一些在想象中被杀掉的人，都有惨白的面容

不公布生辰八字，不晾晒干涩的爱情

可能带来仇恨的时刻，你总是小心翼翼

人性、心理、因果、罪恶搅如浓汁

杀人者，必是心底伤逝未愈

并对被杀者持有发泄欲望，不退半分

我在谋杀你，你在谋杀我

我们各自在想象中杀掉对方一次

对的，我们各自死在了彼此的仇恨中

我们试图谋杀现实，却一次次地被现实谋杀

死在麻木里，死在隐喻中与噩梦摩擦

在非正常的平面上，一条条生命在湮灭

提供素材，提供丧葬的园地和痛哭的人们

你从我的视觉中消失，不见得你已死亡

我在现实面前做最后抗争，然而死亡也很现实

你是清醒的，你的声音太过尖锐

我想象得出：你的死亡一定不够优雅

需要在你死后，对你的表情做以大胆的修改

找不到薄弱环节，下手是被动的

就像杀人时，枪口对准自己的脑门儿

人言：自杀亦是谋杀，哪怕浸于福尔马林

有人捉刀来见，或曰：大片来了

一些场景，皆在虚构中得以诞生

现实不需墓志铭，有一把骨灰就好

猛药般撒向大地，成为细碎的古玩

让植物生根，变奏着改变标点与花纹

此非皮影，没有驴皮的赤兔和的卢

杀了人跑不快，车都堵在路上

憋出了躁性的歌声，不似梁山好汉

活跃在城市或乡村，寻找隐居的地点

所有认识我的人都是颤抖的，榨干胆汁

叶子纷纷落下，于地上燃烧殆尽

你只能失眠，用夜色遮住惨白的面容

在达尔文的书本上，慢慢进化成凶手

在鹧鸪声中，在江湖上渐行渐远

道路是缓慢的，遍生累赘物什

我在现实中，你在镜像里

我们一起诡笑、诋毁、掏出匕首

我企图谋杀虚幻，你企图谋杀现实

相对应着，衍生出些许无能为力

你窥探我，知悉太多不该得知的秘密

你必须要接住我对你的仇恨

除了面对镜子，我无法捕捉你

甚至，听不到你所在世界的声音

你一旦离开镜子，危险相继跟进

有一些道具无法摆放，只能放在虚无中

需要有人交代：你图谋不轨

在你的腰间，许是藏好了致命的武器

许是早已辨认出将要除去的面孔

熟悉别人的面孔，要多于熟悉自己

我必须要走进镜子，看清我的表象

打探面部肌肉的动态和走势，权当辨认你

我要说：你我长得都不够凶残

故居正厅，镜子照出一个家族的纹理

许是光在起作用，相见可以提灯

当黑夜站在镜子面前，准备谋杀灯火

黑夜于此，正在与镜像交换空间

执灯者咄咄逼近，交换或许已经完成

我许是进入虚幻，你许是抵达现实

在表象中，你我同起同落

有人说：相对床榻，勿要悬挂衣镜

恐惧不值一文，反常理待相见

必在你见我处见你，以待捉刀毙命

有心事者，不夜而梦

在梦中，我所行多有不便

你取我命，易如添菜下饭

然我安眠，你只是睁眼对榻而卧

如借猫瞳般静窥我态，无意相杀

待我醒来，你我各处一室

从窗外视角来看，你我正藏于建筑物内

杀人者仍有贪念，兼附粗暴的脾气

迟缓了，杀人者二重奏将不会撩起
或你我拼刀，另破镜难圆
你我死于碎裂，离落之声迭起
你实则无意杀我，只想屠杀现实
我却有心诛你，镜碎后幻象重植我心
生还者名为异乡，顺着红色内流河行走
在虚构场景中，一些鸟坠落了
叫声下沉，朦胧的光线上升
在死亡的方言中，你我被动地接受掩埋
用狭窄的胸腔，擎起厚重的灰尘
还有河流，倒映着痛哉痛哉的命运
我们被各自的匕首镂空，残若蛛网
掌灯了，请拿走玻璃后面的水银
镜像中，我们都是大地上的异乡者
你我非生仇意，是这土地荡起了磨刀声

画 海

海是画不完的
我在海的这边画,海在那边拒绝
我想蹚到海的对岸画
深知,没有大过海的胆子

只能坐在海的对面,虚构航海人
让其代替我,踩在海的头顶
把每前进的一米,视为我画下的海

但这一米米画出的,并非是海
而是,海与我的距离

不能在此过冬的鸟

不能想飞多远就多远
心高天更高,此寒彼更寒
世界大同,地平线不再是一种可能
从此,到处都很平整
像被谁开垦成一个广场

在一间画室外面
鸟,不能在此过冬,却留巢于此
面对它,像面对一处遗址
盛在里面的故事很热,风却很凉
我想念翅膀扇动前还未消散的余温

雨 水

一

阳光点燃云上的雨水,五月的爬虫
挡住去路。树木横截面上湿着清脆的鸟鸣
稻谷、炊烟、树叶、灯火下的暮色,湿了
湿着农民的黑脊背,湿着铜鼻环的木门
湿着脚上的青布鞋,湿着咯吱的推门声
雨水,用长远的目光捆住我
从我身体中,冲走一些东西,渗进一些慈悲
雨水,在大地上隆起的部位
敲敲打打,弹出回声
雨水与灯有关,也与灯无关,风吹不灭
雨水的肉体如此温暖,捋出地皮的胡须

二

雨水里奔跑的,在朦胧中越来越陌生
每一条街上奔跑的事物,都像
一个雨点,融入人群的河流
雨水停了,风声草草,撕扯大地粗糙的皮肉
跪着和站着的水,都在流淌
那些疼痛如铁的雨水,打开警觉
另一处的光芒将我还原,暂时可以
对这个世界必要的离题或走神,打开光束
从一张白纸开始,用发散的光芒打散世界的想象
被雨水收养,在杂碎的崇高里不知所踪
远处,压过来灰茫茫的雨水
一车皮的闪电,一车皮的雷声

三

收集全天下的雨水,注入干涸的河流
秦时雨,汉时雨,和久远的美人与英雄相融
及时雨,好雨,润物声是亲吻声,甜甜的凉
雨水击打,一如百家氏族的合奏

雨水一路放牧，眼中的绿铺满光泽
指着，咆哮的洪水和干涸的土地
说：在被宠坏的世界里，那不是我的过错
雨水停下，人们再次出发
作为雨水的养子，我始终相信：
心中将有一块文明的发祥地，应运而生
在天底下，试图复活雨水的尊严

四

大雨之城，房间才像房间，家才像家
雨起，人们才肯转进
狭小的归属地，回到灯和餐桌的静生活
国道上，车挤如蚁，亮着眼睛
一湾灯火，密匝匝伸向河流
人们，躲在屋檐下和世界打起哑语
雨水渗进血，脉搏在一呼一吸间亮起愤怒
用雨的嘶鸣为今天壮行、充饥
如我所料，一切力量均趋于尊严
天黑着，也亮着
大水解开呜咽的诉说
平原上醒着的刀，铮亮，铮亮

兵 马 俑

那些暗中赶路的人,还带着冷兵器
体温冷却了,复秦的意志却还热着
信仰在高温下烧制出来,不会倒戈
若不是被人掀翻屋顶,尚可行在暗处
或许,还能完成始皇的又一大统

接下来的打算,哑陶不会相告
人不能语,马不得鸣
重被翻出的"中国制造",任你八方来观
一群手无寸铁的人包围了秦皇的大军
仿若项羽有令,正将二十万秦兵填入坑中

章邯不晓去向，王离不知所踪
巨鹿已无杀伐声，历史好似一座空城
始皇的马车空空如也
像是甲士掩护，突围而出
去寻找复秦更大的支撑力

上　路

我的相貌和秉性
不像我的生父，也不像我的祖父
我是在时间的岔路上，走开的子孙
回答不出族谱上先辈的名字，如今
无法宽恕自己，只好以罪恶感囚禁自己
忘记邮编和门牌儿，在十二根铁条
焊就的笼子里，拒绝给远方写信
在子夜的光线里，认出黑夜的面容
于月光中，丈量时间的维度
不读纸本家史，只愿在路上听听历史之声
用灯光烧毁某个夜晚，带足水和食物
遁入人群，被时间裹胁，与时间火拼
成为公共信仰的叛徒，穿越横生而出的地平线

跪在大地脸上，找到与世界对话的机会
把自己当作宗教，相信脚下的路
不是以前那条，也不是未来那条
一切都在路上，只用一首诗和时间完成交谈，
纸做的嘴唇，面对人们讲述我的家史
也把与我交谈之人，改写成诗
写在一张张白纸上，俯瞰诗歌的庄稼
相信自己，是家族的页码
页码翻动，就是家族一小部分的声音
一直走在路上，影子变得越来越矮
背负矮小的自己，在猝不及防的时刻自燃
在思想的三寸厚土上，微微隆起自己的坟墓
变成一路的灰尘，变成一颗沙粒
在南风里，尽可能地归还家族

卜梦辞（组诗）

题记：梦与现实互相映照。

（之一）
鼠洞盗墓

亥时入梦，回到场院儿

一把洛铲剖开鼠洞，一片磷火向内微燃

用胡须探路，侧身潜入洞中

只我一人欲取盗贼之物，并无元良相随

左右耳房，各开五扇裹铁木门

左五扇，盛得夏、商、周、秦、汉稀疏之物

右五扇，装有唐、宋、元、明、清精美文玩

杂乱地堆在门后，叠摞起天朝镀金的额头

风漾进来，一些金属的声音叮叮作响

正方中开，左右各开一间

左存稻、黍、稷、麦、菽，以备给养

右住伯、仲、叔、季，扩土生根

点烛火三朵，左右耳房各一朵

执最后一朵于正房前，灯火通明

鼠母未归，子嗣正房酣睡

遂打开帆布兜，于鼠洞盗墓

不择铜鼎、金棺、玉玺，只取心爱之物

左耳房，翻得典籍九部：

《易经》《诗经》《论语》

《老子》《庄子》《鬼谷子》

《史记》《孙子兵法》《战国策》

右耳房，搜得典籍四部：

《大衍历》《梦溪笔谈》

《本草纲目》《聊斋志异》

正房半开吐糙米，盗取一把入布兜

斯时烛火熄灭，母鼠借黑还巢

自洞口而入，正扑面相迎

惊醒之时，妻子的软枕刚好迎面砸来

忆梦自知：穷者自穷，不求他富

（之二）
地　铁

这里在修地铁，围起蓝铁皮栅栏

好信儿的人蹲下去，试图看到铁皮蚯蚓扎进土层

人们带上工具，和灯光一起走下台阶

在脚底下疏通管道，使血液涌上城市的额头

钢铁被挖掘、被冶炼、被掩埋、被利用

人们晃过来，寻找着入口和出口的相似性

从地表潜入地心，有种磁场被移植于此

从地心返回地表，成为这个时代刚刚出土的文物

这长长的地下场院儿，不修青瓦，只修白墙

一块块砖和一根根立柱，擎起人们的脚步声

一些地上的声音，种进土里也能生长

我看见一些人带着氧气罩，在候车

耳机做成帽子状戴在头顶，低着头写短信息

红地铁荡过来，人们走进去站成先前等车的姿势

乘务员走过来，在门上钉钉子

像在缝合一口巨大的红木棺材，让人惊心

铁轨奔跑，我看见驶远的地铁正在燃烧

有些细节越发离谱,速从梦中抽身出来

此时阳光晒我脊背,收电费的人正在屋外敲门

(之三)
隐 身 术

一开始,我只隐去上半身

留下两条腿和你并排走路,逛商场

后来干脆隐去全身,以及走动的声响

在所有的镜子中,彻底消失

你看不见也听不见我,无论站到哪里都一样

你只能摸着我的生活规律:

早起如厕,拧开水龙头洗去夜晚的蒙尘

走到餐桌前悬空一只碗,吃光面前的食物

冲洗餐具,悬空一只杯子,饮下清水

走进画室,保持一天安坐的姿势

黄昏时你下班回来,立在画室门旁

会看见一支猪鬃笔,正悬空着给亚麻布补妆

你冲着画架前的空椅子微笑,之后去厨房

晚餐后,你叫我一同去客厅

我悬空你的马尾辫,表示我正跟在你身后

沙发凹下去，你扭开电视
我悬空遥控器，从吉林台一直换到北京台
遂转身出去，从冰箱里悬空两罐可乐
一只雄鸽子和一只雌鸽子，于喉咙里咕咕叫着
次日清晨，我换掉习惯路数：
早起喝清水，如厕，晨跑，回来洗漱
早餐没胃口，放在桌上没动一下
你吃光了你的食物，也吃光了我的食物
你上班、下班，用一把钥匙打开房间
看不见我悬空物品，听不见我发出声音
于是你坐在沙发上，嘤嘤地哭
泪水滴落下来，一直没有停止的概念
我忙地坐在你身边，让你右侧的位置下陷
于是你抱住我，如抱住一团空气
抽出一只手给你擦泪，泪水冰凉
惊醒，你正用蘸水的食指在我手心写字

(之四)
八 卦 村

在梦中驾车，跌撞进迷雾

梦生梦，醒来不知身在何方
此地红砖绿瓦，飞檐反宇，雕梁画栋
村中游走，见村子边缘摊开八个穴位：
乾、坤、坎、离、震、艮、巽、兑
外有参天高墙，不修门廊
询问得知，此地名为"八卦村"
各户敞门而居，厅堂正中，皆绘八卦图谱
不知如何索路而出，故往村子中心
一座祠堂高耸，青砖铺地，案几古香
穹顶嵌一八卦铜镜，镜面光洁，可以照人
转身而出，听得人声迭起，脚步细碎
一花轿自西向东抬将出来，娘子不知何人
一棺椁自东向西肩担过来，逝者不知姓氏
绕祠堂三周，轿子抬向婆家，棺椁担去墓地
当地者说："凡婚丧嫁娶，必在祠堂焚香宰羊
喜事铺红毡于地，白事悬白绸于梁"
唢呐声渐次稀落，村中长老遂念祈辞：
"生者归未来之生，死者属往昔之死
生者当启生者之力，死者应尽死者之心"
喜事酒席三开：媒人席、亲家席、主家席

白事酒席二开：祭奠死者席、庇佑生者席
席毕，于婚丧者房中点八根红烛，长明三日
写卜辞于堂簿，嫁娶者画阳符，丧葬者画阴符
三日后，入门之媳需在祠堂听公婆训诫
公婆坐于案几左侧，长老坐于案几右侧
长老曰："新媳跪下，悉听公婆训诫"
公曰："古来天有五帝，化万物而生
木火土金水相生，金木土水火相克
不论尊卑，需以五行为法，保家中阴阳平衡"
婆曰："依你生辰八字，可卜得一卦
按卦象可得图谱，依图谱行事则出入自如
若家中有事需与外界通达，你理应遵从"
训诫之后，媳三次叩首，起身携公婆出
入土者子嗣入堂，置入土者牌位于案几
待长老念毕往生咒语，面牌位叩首，起身而出
我连忙踱进祠堂，自长老处求出入"八卦村"图谱
长老曰："本村民众可持出入图谱，外人不可"
大急，忙问斯是何故
长老曰："外人擅入村者，只可出，不可复归"
遂取来狼毫小笔，命我写生辰八字于纸上

长老立于穹顶八卦镜正下，掐指卜得一卦
"子丑寅卯、辰巳午未、申酉戌亥
每一时辰，八个方位必有一处缺少一帝
你需在下一时辰到来前，将其补满
于我手中，可得日晷与八卦铜镜
当子时开始，需按卦象而行
离为火处于正南，坎为水处于正北
震为木处于正东，兑为金处于正西
艮为土处于东北，乾为金处于西北
坤为土处于西南，巽为木处于东南
若子时坎位缺水，此时兑位金正厚
需取兑位之金生水，以补坎水之缺
若丑时震位缺木，此时坎位水正满
需取坎位之水生木，以补震木之缺
以此为例，补八方十二时辰所缺之物
亥时毕，若八方尽满且阴阳平衡
村中心阴阳鱼喷泉瞬间大开，方可拾阶而上
八卦三叠，走完五百一十二阶方可回到来处"
依长老所言，我得路而归
此时雾气散去，复归喧嚣

梦解梦,醒来不知现在几时
只记得昨夜酒桌之上,有人闲侃《周易》
斯时,车鸣声、叫卖声自南窗涌入

(之五)
口　渴

死亡滴落下来,渗进一只乌鸦的体内
一只鸟死在牧场前,无人掩埋
死的肌骨、死的眼睛、死的表情
风略微掀起它的羽毛,像掀起冬眠者的被子
所有光线指向它,做以最后柔软的拥抱
喝水的瓶子倒在它身边,盛着半瓶黑石子
沿着瓶口指向,我翻过牧场后撞见大山
在垭口处遇见河流,卵石正一点点抬高河床
这个过程中,食草动物聚集过来
河水中映出它们的嘴唇,并发出吮吸的声响
一些油绿的水草在卵石间钻出,晃动手臂
这个场景,我瞬间感到口渴
但拒绝学习食草动物,不肯撅在河流面前
索着来路,我回去找寻乌鸦遗留下的瓶子

途径牧场,天已蒙上盖头,不见牛羊

只听得草丛里牛羊走动,叫声细碎

普蓝色草尖上,平铺满白花花的纸钱

除去树上跌落的叶子,未见其他死亡的迹象

回到瓶子处,天色刚好大开

我看见瓶口指天,死去的乌鸦正飞进瓶子

变成黑石子,为活着的同伴垫高水源

凑近瓶子,我变成此地唯一活着的乌鸦

浅水层映出尖喙,也荡漾着吮吸之声

画外音四面拢起,一如乌鸦埋进肉身的符咒:

"一只乌鸦从生到死,需从繁体写成简体

始终保持重力向下,且身体与大地平行"

我醒来,妻子正坐在收音机旁喝茶水

电波声里,一个孩子在高声朗诵:

"一只乌鸦口渴了,到处找水喝。

乌鸦看见一个瓶子,瓶子里有水。

可是瓶子很高,瓶口又小,

里边的水不多,它喝不着……

瓶子里的水渐渐升高了,乌鸦就喝着水了。"

（之六）
午　夜

一大堆草人站在一起，吹响唢呐

一大群鸟钻出地平线，冲上天空

稻田怪圈里围坐着远逝的亲人，罩满蓝光

他们在谈论什么，我听不见一点声音

靠近哪里，哪里就开始模糊

于是天黑下来，有人擎着火把走向这里

在稻田边缘，他们扔下火把

燎起可燃物的衣衫、肢体和表情

静观草人，于火海中四散奔逃

而我远逝的亲人们不动声色，依然端坐如初

鸟群俯冲下来，箭一样射中稻田的靶心

丢下火把的人重又捡起火把，按原路返回

在他们身后，火熄灭下来

只剩下鸟的骨灰和远逝的亲人们的牌位

一条河流斜铺过来，十个方向环绕起梵文歌声

牌位浮在河面上，随水流向西而去

河流把天空拽进体内，在天空之上重新生长稻田

我跪下来，像一株刺草，笔直地指向天空
而后弯下腰来，面西叩首，脸上挂满泪水
被这场梦叫醒的时候，正是午夜
我起身，背对熟睡的妻子掀开窗帘一角
此时，外面的天空正放着幽蓝色的光芒

（之七）
跌落的红屋顶

一只白口袋，停在我回家的路上
风灌进去，吹鼓白色的皮囊
这生气的母蟾蜍，警惕的野河豚
递来一根红线绳，我扯在手里放起白风筝
索性跟它一起荡起来，荡在故乡上空
那是小学、那是教堂、那是村支部
那是我家，母亲正去仓房舀米
真真的，父亲烧旺的灶膛火正酿出炊烟
遂停落下来，将白口袋紧系于家门
我向仓房去，此时异象环生
地上处处是陷阱，深度不得而知
柔软的地皮如纸薄，经不起脚尖轻轻一戳

左邻右舍场院儿里，前街后街十字街
瓶口、碗口、锅口大小的窟窿，密麻如蚁
只好两膝着地，爬进面前的屋子
屋内的半导体高喊着：洪水将来，向高处去！
我从屋子爬出来，在最前方举起标牌
回过头去，见父母亲与我前来
爬上南冈，俯瞰故乡的伤势
镂空的地皮上，所有红屋顶瞬间坠落
此时的故乡，正像亿万年垫高的尘埃
紧系家门的白口袋飞起来，在半空爆破
大地正在摇晃，密麻的窟窿里吐出水舌
父母亲登上船只，递红线绳于我
泥土瘫软，我如故乡的红屋顶
失去与重力抗衡的机会，只剩下坍塌与跌落
水包裹我、黑暗包裹我，只剩下寒冷和恐惧
破梦而出，我已然从床上跌落在地
起身走到窗前，一只白鸽正落在对面的红屋顶

（之八）
游 墓 歌

一枚枚黄色的土陶墓碑，种在土里

着釉色，留白处刻写着死者的姓氏

向远位置，一朵朵生草的小坟就地摊开

窝头般，倒扣成死者的屋顶

远望着大地浑圆的笼屉，乡愁弥漫

乌鸦飞下来，叼着豆大的灯笼

拍打漆黑的光线，成为墓地守夜的黑婆娘

风刮正劲，掀动新压的坟头纸

仿若，撩拨开酒馆的门帐

死者们飘悠而出，灌醉60度酱香的夜色

建筑林立，房屋低矮

没有家门的野孩子蹲在屋檐下，抱紧双臂

有人在街上对弈，有人在听木匣子

有人坐地上捻开纸牌，有人充当旁观者

我见到逝去多年的曾祖父，从人群中踱出

拄着红木拐杖，爬上自家坟顶的树梢

像是在找，生前树上结满的黄杏

他背后,一大丛野花在黑暗中猛地盛开
醒来,窗子外的月光透进屋子
曾祖父正坐遗像里的椅子上,看我

(之九)
一张纸是很念旧的

在一盏灯下,我们通常不谈论灯
大多,只谈论或许与灯有关的事物
例如在梦中,于一盏灯下谈论一张纸
一张,可以是任何状态的纸
一张,用文字或图案发言的纸
我们互问着:现有一张纸,做以何用?
A 说:我用一张纸卷烟,燃烧一张纸
B 说:我用一张纸写信,邮寄一张纸
C 说:我用一张纸如厕,玷污一张纸
D 说:我用一张纸作画,涂抹一张纸
F 说:我用一张纸印相片,冲洗一张纸
G 说:我用一张纸写离婚协议,盖红一张纸
H 说:我用一张纸打广告,张贴一张纸
I 说:我用一张纸逗趣,折叠一张纸

从简体到繁体,从黑白到各种颜色
在一张纸上做过什么,它都将记着
没有字的房间,即便堆满物件也空着一半
我只好在一张纸上,试着揭露自己
试着与一张纸交谈,写出文字的一点嗅觉
曾在一张纸上写满灯,但我不用肉体说出
于是,脑海中的吊灯一盏盏亮起来
夜空裂开一道缝隙,一如宽大的书房
所有与光亮有关的事物,在想象中裹住我
曾在一张纸上写下"我",被很多人看见
他们用各自的嘴巴和口音,大声地念出"wǒ"
兴奋得,如十几亿的人在争抢着一个身份
许许多多的"我",在一张纸上被匆匆复制
曾在一张纸上写下表白词,把"我"递给"你"
当你念出纸上的文字,便成为"我"的旁观者
你展开一张纸说:只有一张纸才那么念旧
许多的往事,只有一张纸在慢慢说出
考古队员一样,我们在灯光下探出一丝线索
我是被灯光穿透的 E,坐在他们中间
梦醒后,E 说:我用一张纸念旧,收藏一张纸

(之十)
词语隔离区

他感冒了，咳嗽声在沸腾

鼻口腔的疼痛，在狭窄的管道膨胀起来

他坐在桌子前大口喘气，说话声嗡嗡嗡

一杯白开水，在安静地冒热气

有些躁动的白药片，一枚枚顺进肠胃

高烧持续，汗珠逼出体外

留下病号，一个偌大的房子成为隔离区

灯不用吹，按一下就灭掉

他呼吸式微，像一只鸟在冬眠

在梦中思考，有时比现实大胆

当他被关进一间屋子，我忽地想：

词语感冒的时候，嗅觉是否也不甚灵敏

闻不到血腥、腐臭，抑或硝烟的味道

是否一些词语被隔离久了，就拆卸了性别

很多词语无法相遇，许多新鲜的可能被隔离

在隔离区，词语的气场开始紊乱

一首诗的声线，波纹抖动得并不厉害

像大户人家的猫,叫声透不出狂野

飞越疯人院般,从隔离区抽出身体

许多诗人正一起击缶而歌:呦呦嘿呦哟

我被嘿哟嘿哟的声音,慢慢吵醒

同寝的兄弟们在打 CS,硝烟弥漫

我坐起身,看见鱼缸里一尾鱼正在下沉

(之十一)
明天,我们坐下来谈河流

梦见坐在河流上,蓝色调的歌子飘起来

一条木船划过去,水下丛林之鱼群径自散开

你说:明天,当我们坐下来时

一条河流已经不再流淌,水渗下去升上来

一些鱼骨头、卵石、干水草,闭上眼睛

明天,或许我们会坐在河流的遗址上

手伸进泥沙中,河床下的水草根都还凉着

一枚枚叶子,按来时的路线倒退回去

明天,漂浮物重新落回地面

河流淌进空气里,捋出久远的声响

照进河流的影子,将在一万年后显现

人们建起房屋,在卧室里翻滚

漾起昨天河流里,敲打瓷器一般的水声

我说:明天,我们坐下来会谈到河流

当两岸接在一起,铺开席子

坐在沙石上感受河流,一切都很委婉

用词语修筑的堤坝,没了用处

我们都能漾过堤坝,成为崭新的河流

梦醒的午后,从音乐学院前左拐右拐

手把栏杆,从任家桥上望下去

伊通河里的水草,此时骨瘦如柴

(之十二)
草的修改方式

我看见,草民住在草丛里

他们吃着土里冒出的绿叶芽,像草在吃草

穿绿衣服,戴绿斗笠,脸上盖着绿印章

他们把绿的声音,扔进厚厚的土层

之后,坐在晃动的屋子前喝水

身旁的暖水瓶里吐出热气,漾出草香

他们抄袭自己,并在身体的内部埋下种子

当绿色的雨水,踩湿门前的牛羊
牧羊人把自己竖起来,成为一个草人
为雨水中找不到家的孩子,指路
天黑下来,夜晚就透出墨绿色的目光
绿色的探照灯,拉伸开方圆百里草皮
雨水和草尖接吻,和朝向天空的嘴唇接吻
寻找出处,在柔软的绿土地上
草,遮不住一些生灵的叫喊声
地下的草虫在叫,地表的草蛙在叫
一个人从屋子里出来,抛弃干燥的念头
他努力地站在水里,被灯光照亮
他占有,这里一切美妙的声音
被雨水浇湿的事物,皮肤开始生草
之后以草的方式死亡,再重新自土里回来
一些草民和羊群,在天亮前入土
在他们下葬的地方,草高过屋顶
活下来的草民,在秋天到来时就会枯黄
他们的能量,一点点由内向外扩张
他们都要这样过活,这是草的修改方式
他们的父辈和子孙,都要这样地交代一生

没有罹难,只有相遇的生死从这里出发
我醒来,兄弟的草帽挂在墙上
此时我看着它,竟有想哭的冲动

(之十三)
穿 墙 术

梦见上学时,逃课之徒都爱跳墙
我不爱攀爬,只爱穿墙术
墙上画下一扇门,穿过便是世界的圆心
很多人纷纷效仿,在墙上画来画去
左一扇门,右一扇门,镂空千米墙壁
校警围起院墙,严禁出逃
一些人被捕,一些人被审讯
他们交代了自己,也交代了穿墙术
散布开,老男人穿进年轻女人的院子
于是心里长草的人们,包里面不带钥匙
只藏着,写满地址和电话号码的纸条
一些人穿向过去,一些人穿向未来
他们喘息着,接近不同质量的修辞学
我坐在校园里,翻看《围城》

在大小脑的白屏幕上，勾出画面
墙里裹着墙，也裹着修炼穿墙术的人们
墙外站满人群，一些人嚷嚷着探过身来
我忽然发现，在世界的圆心之外并没有墙
只有被镂空的障碍物，像极了扯开的蛛丝
一如即将坍塌的残骸，飘浮着不肯坠落
睁开眼，想起一件事情
昨天未完的油画，还需补上一堵墙
墙上不需画门，我想象着：
看画的人群靠过来，穿过墙去

（之十四）
故里信札

风和身体浑圆的白山羊，滚上坡去
黄昏被抬向高处，窗前的辣椒被一一映红
风在房屋的睫毛前止住，浅浅地呼吸
在故里，一朵沼泽和一朵天空的蓝是有区别的
尤其是在秋天的夜晚，即将升起之时
许久不回去，像和某条熟悉的路断绝了关系
乡愁断路，故里的灯迟迟未亮

在暗地里愈勾画故乡的面容，故乡就愈遥远
地下的信息，叩开一百扇院门也未获悉
暂借月光，翻过一道银色围墙
树木睡去，秋虫的爪子和牙齿上下移动
虫卵抖落一地，一如刚刚写好的"今日书"
故乡的老房子里除了空，还是空
夜晚也一样空，空得忘记我童年的影子
只记住了一些人的梦境，从隔壁园子里飘荡而出
或许有人蹲在一片漆黑中，喊着：我想回家
像从一间空荡的房间弹出来，让人竖起汗毛
回音中，带着事物本身都具备的不确定性
于是梦混乱着，迷惑急于确认家门的孩子
光线错乱，幻想中的家人逆光站在老房子外
仿若被阳光播放出来，在脸上拓出明暗关系
有关线条、色彩，或许还有关构图
被方向感摆放在大地上，成为一些孤独的名词
那些迷失的鸟和羊群，荡过原野
那些会动的物体，都将掀开衬布
一切都在晃动中睁开双眼，成为一封故乡信札
我捋着线索回到出发点，之前的家已是瓦砾

醒来打电话给母亲,询问近况
母亲说:刚买下隔壁邻居的老房,正在修葺

(之十五)
虫 子

杨树皮的褶皱里,漾出虫子爬动的声音
扁平多毛的大黑虫弓起身子,挑起弧线
缕着树皮爬下来,摆动密麻的黑脚趾
它们一路上谈恋爱、磨牙、开讨论会
研究好路线,爬满院落
将身体支撑起来,用毛刺蜇痛泥土
挪动短粗的身体,测量菜园子的表面积
啃食秋白菜,喝光菜叶上囤积的水珠
敲击冷空气,唱起酸溜溜的民谣
微弱的声音,埋在皮肤下面
隔壁的鸡飞过来,在地上捡起它们
生吞琐碎的"救命"声,揣进嗉子
一些还有知觉的,还在鸡的肠胃里蠕动
鸡们回到柴草垛下面,继续繁殖
母亲捡回三枚鸡蛋,用水煮熟

我忽然想道：那些黑乎乎的虫子，在爬
我忽然想道：薄薄的蛋壳里面，虫子在唱歌
我忽然想到，三枚鸡蛋和三口棺材的相似性
母亲准备扒鸡蛋，我阻止
于是争吵，惊醒了屋后杨树上虫子的子孙
当我醒来，屋里的内容和梦境没有关联
忽然想到——昨天下班回家的情景
我和妻子，从街道旁的杨树下走过
我说：天凉了，最好别来这里
妻子说：天凉了，树上的虫子就会爬下来

第三辑：取暖的人

良 宵

夜空,使星辰分开
星辰把我们相连,不必在地平线上找你

野鸟高高低低,飞向一片水域
一会儿飞成春天,一会儿飞成秋天

天不冷不热,像你此时的表情
平静,像一处休眠的水塘

我站着,垂直于夜晚
躺下,与夜晚平行

一些花在黄昏卷曲,一些在夜里醒来

天再晚，鸟巢里也不会亮起灯

床像一个书架，我眯着眼
让漾进的风，翻阅我们褪去的俗尘

取暖的人

这么多年我很执拗,总是向着一个方向行进
像大河里的水,不肯回头
在路上取暖,不肯在寒冷的时节冻结脚步

走累了,把手伸进血液和骨头里
摸一把,便会触碰到落下又涨起的歌声
便坚信,自己仍是一个有力气取暖的人

需要暖的人,随时能找到一种方式:
用劳动取暖、用房子取暖、用柴火取暖
用衣物取暖、用电视取暖、用阳光取暖……

我的身边,到处走动着向暖靠近的人
但我希望,更多人能用爱取暖
家园的暖由此积攒,茂盛繁荣

你只是抬起头看我一眼

就这么一会儿,有人出生、逝去
在大地这个病床上,平静或悲伤地坐起
起身蹒跚的样子,像一个沉重的星球
世界仍很喧嚣,鸟群起起落落
在人世的上空,我望见一种深邃

就这么一会儿,我想到很多事
这种举动不卑微,也不完整
上帝眨了一下眼,有些苦难便藏进另一种深邃
屋顶上床单般的雨水渐干,风声微弱
阳光落下来,声音有单薄的轻

就这么一会儿——不是绵长的光阴

一些人开始相爱,一些人开始记恨
短信正在发送,某人静静在等
生活像一个抽屉,此时正在打开
你只是抬起头看我一眼,人生自此就不同了

到远方去该带些什么

如果要去远方,该带些什么?

如果有雨,就带把伞

如果有洁癖,就带张床

如果有黑,就带盒火柴

在遥远的地方生火,烤食物,取暖

洗炊具,切洋葱,看水煮米

将甜辣的液体,移植到悲苦的生活

如果要听世界的声音,就带上信号和流量

如果没有终止,就放下行囊

到远方去不是搬家,不是移民

不是换一个位置思考

不是找地方淘洗眼里的沙

不是放下近处的自己

也不是想把世界看得仔细
到远方去,不以一个逃兵的身份
到远方去,为了一个和我一样的人
他一消失,便觉得这世界到处是他
念及他的孤独、他的热,他活着的方式
他独有的,我念
不需悲伤、抑郁、泪流满面
到远方去,带着和他一样的行李
和世界睡在一起,盯着远处的人烟

城市小夜曲

暮晚余光洒在湖面,定有什么从上面跑过
林木和时间的倒影,在水中都很透明

一弯月,两只角,扎疼我的乡愁
上弦月,下弦月,乡愁都不圆满

盖着夜晚的虫吟,想到谁,谁就是故乡
想把一座城市翻过来,看一看它的根须

月光下,每一座抬起头的城市
怎么看,都像是逆光生长的向日葵

陌 生 人

陌生人，你来自哪儿？
告诉我，你的名字，种族，信仰
以及，你的职业
你要看着我的眼睛，不要说谎
你的定居地距你的出生地，是否遥远？
告诉我，你是否也有乡愁？
它是什么形状，什么味道，什么颜色？
它与什么最为密切？
食物，居所，还是回忆？
你的婚姻美满吗？是否看上去像一场战争？
倒下的人，是否还在一张床铺？
他比你更爱吸烟，还是你比他更爱喝酒？
你们是否都是话不多的人？

会久留吗？会去向哪里？

你的衣兜里，是否揣着回到原点的勇气？

你受过多大的屈辱，仇恨还放得下吗？

你是否打算让一个躺着的声音竖立起来？

说一说你的故事，它从哪个房间开始？

又在哪条街上结束？

街上人，你记得几个？

他们的表情，和天气有关联吗？

你从一条街走向另一条街

阳光晃动，影子何时能指向你的门扉？

陌生人，这里和那里都是入口

我们迎着面，却朝向各自的门

我的名字不好记，可叫路人甲

除了路人乙，我还能叫你什么？

明日有雪

天气预报说明日有雪,大雪
和子夜的月光一样厚,和鹅毛有关
下雪是常事,我却不常头顶大雪在外面走
通常是外面下雪,我在屋里看书
雪在外面遍找冷,我在书里觅暖
感觉雪和我,在干着两件不同的事
我偶尔走到窗户前,对比冷暖的厚度
雪,却不曾踏入我的门庭

雪,也让世界看起来很空无
白茫茫一片,像什么也没有发生
像一道不太容易解答的填空题
我没走过去,只因还未找到答案

雪，让世界看起来很干净
像一块刮好底料的画布
我提前在屋子里，琢磨填满它的方式
——需用温暖把人间再画一遍

雪下过后，我不常出去走动
在城市里，雪很容易变薄
很容易化成雨的体态，不再是初抵妆容
越来越觉得，雪是雨水的葬礼
它该凉着，该孤独、傲岸、冰冷
不该像我这样温暖下去，该冷得伤悲
让那些在它上面行走的人，泪流满面

期待下雪的人，心野早已皑皑
内心世界，早已掩盖在空白之下
不像是一种预言，却像是一种幽默
它很冷，需要任何人慢慢适应
而一年中最冷的时节，似乎没有到来
雪，不得不接受暖
我，不得不避开冷
雪和我，都将成为被生活融化的祭奠品

抵抗潮湿的黄昏

日将落,远处天空比头顶天空阴沉
大雨敲打屋顶,我安静坐在窗前
看街上人撑起伞,抵抗雨水冲刷
街道拥挤、不安,看不清城市指纹
磁石似的下水管吸走水流,于地下汇集成河
不发光的人群和发光的车辆,在雨中堆积
刚杀的驴子,血在摊前被雨水稀释
途经这里:一些人绕过现场,一些人递上钱去
潮湿的气味从墙缝逼进,浸进家具和瓷器
我开始惦念乡下,父母住着的老土坯房
每到雨季,总能从屋顶上漏下潮湿的细节
母亲拿来铁盆、陶罐,对准漏雨的位置
看雨水和光阴,如何一起盛满器皿

我在出租屋里打电话给母亲
是时,故乡并未下雨
我却总在脑海勾画一个场景:
年迈的父母,面容憔悴
他们瑟缩在一处略显干燥的角落
用一间漏雨的屋子,抵抗潮湿的黄昏

在画室里种一棵土豆

我想种一棵土豆,在画室里
三月正好,有雨有雪,带着春寒
屋子里泥土不凉,光线温和
就将画过的这颗,种下土去

凹下的芽眼,各代表一种活法
不贪婪,我只能选一种
新鲜地种下去,拒绝草木灰
长什么样都无妨,哪怕表皮上现出坎坷

不用太圆滚,不用太沉重,不用太孤独
可以没心没肺地长下去
叶子够绿,水头够足

果实，可以不必接近菜园子里的硕大

像是我手写出来的一样
花那么好看，就让它开着吧
根愿意眯着，就那么眯着吧
土上的眯成一畦风景，土下的眯成一个拳头

到梨树看望玉米

我爱玉米,这种爱不与外人道
来到梨树,我想道一道
因为四下观看,发现这里没有外人
我爱玉米,从它还是一粒种子开始
到它喂饱和它一样粗犷的乡亲升华
把一粒爱成一万粒,甚至更多
总之,这种爱没有终结

在梨树以北,我的父母亲也种玉米
于春天正中,一粒粒地种好
在秋天尾声,一穗穗地收回
籽粒囤积在冬天的场院,像一座粮食的房屋
这些噙着农家人汗水长大的粮食

植株和大地一样温暖,籽粒和阳光一样金黄
没有外人,我不必说自己是来采风

天这么冷,该是看不见古城墙柔软的一面
也看不见傍河的玉米在雨中如何侧身生长
选在冬天来梨树,我确实有些顾虑
当热气腾腾的玉米饼子,端上桌来
内在的粗纤维裹着热,和这里的人们一样
对这方土地,继续报以热爱
我有些自责,怪自己那些没必要的担忧

从长春到梨树的路,像诗江湖里的要道
从画意到诗情,只这一条最为锋利
往返中,我反复比照着两种植物
确定了一个事实,玉米是梨树的乳娘
她喂大了梨树的历史,也喂大了梨树的诗意
雨水充沛时,她也会站在昭苏太河的两岸
观望着,一棵梨树是如何在偏脸城的正中
积攒光阴,开花结果

我想，此刻说自己是来梨树看望玉米
梨树人民不但不会挑理，相反
会和金秋风里的玉米叶一起，响起掌声

五点钟的秋天

作为爱踹被子的人,有些梦总是凉的
和那些无人照看的海水、原野、房屋一样
永远也避不开咸涩、荒凉、空荡
总想着找到取暖的物件,却常在失望中醒来
只要醒来,就有诗一起苏醒
那些诗大都从黎明钻出,带着一天中最早的凉
天微亮微凉,定有人在这个时间里醒来
裹上毯子,写一些诞生时不够温暖的诗
每一首看起来都像孤儿
需要放到这个世界的火炕上,慢慢焐热
他们的心,是一根苦瓜
切开后的苦与凉,变得分散
均匀地,散落在每一首中

去掉寒凉，需要先将那一瓢清水烧得滚开
用那世界的火，在所有人的心里点燃
走进人群，让火照亮诗的每一句
诗人的心，像近水的岩壁
那些诗飞来时像金丝燕，飞走时像叶子
翅膀上的光辉，体内的温热
都在努力积聚，抛给暗淡的光阴
五点钟，尤其赶在秋天
那些诗仍金灿灿，红叶般存储着干净的热
在每一首中，都能找到它们冷暖的变故
叶子就要落下，带着最早的凉砸响清晨
一定有一些人，正在大地上醒来
他们，像是这个世界上最早醒来的诗

成为父亲,我需要准备什么

准备籍贯、乳名、轻音乐
准备奶粉、床铺、尿不湿
准备母语
准备耐心
准备暖
准备多出的灯火,减少的瞌睡
准备好脾气与坏脾气
准备晚些睡、早些醒
准备反义词、正义感
准备一起成长
准备做一面镜子

城市的夜，被灯火拾掇出来

我听见有人说：我爱死这个城市了
仿佛是爱了，而这个城市仿佛没有死
不死的城市，被灯火拾掇出来
爱上一座城市，力道如爱上一座孤岛
住在上面，都像是海水喂大的孤儿
身体像一粒盐巴，瘦弱和故乡雷同
我见到的人，比在旅行中遇到的还多
在城市游走，却未永久停留
把城市当作一张床铺，而非故乡
更久地望向窗外，黄昏便陷落了
落日是一顶帽子。当星空旗帜般升起
所有人都该脱帽，向夜晚行注目礼
很多人在不被理解下，冒死撑起天空

谁在此时抬起头，都能看到他们的伤口
我始终觉得，那是有信念的人的天空
在暗下来的天空，我特别想有一把锯
锯开城市的脚踝，看看骨头里的灯是否亮着
即便不能照亮城市中所有罪恶与苦难
也要把温暖的目光，投向城市荒凉的内心

相同与不同

你和我,像两滴泪水
一滴要久久含着,一滴要最先落下

你和我,像两个季节
总有一方,比另一方最先温暖

你和我,像两个方向吹来的风
没有完整,就琐碎地相拥

你和我,像两节车厢
要走,就拉着手一起上路

与故乡有关的细节

在纸上建起宅子,让走失的牛在夜里回来
在私人的时光里,来回走动
院宅空荡,墙壁是面镜子
照出牛叫的回声,使我听到声音隐退的细节

喧闹的部分发生在大地表层
安静的部分正发生在大地内里
我刨开土地,试图从中获取新的秘密
这诞生新鲜生命的地方,像母亲的子宫
繁殖灯盏,也繁殖缸釉色的器皿

始终觉得,会有秘密压在故乡底部
多年后,会被时间错位的人挖出

秘密活着，打造秘密的人却早早死去
他们，像极了夜晚的风
吹灭灯，也吹灭灯在夜晚的轮廓
活着的人，也在故乡的夜晚闭上眼睛
他们睡下，夜晚却久久地醒着
叫醒肺，叫醒星月的光辉，还有井里的水
叫醒南岗子的风，以及风吹皱的水洼和庄家
半村的狗吠和马的鼻息，也醒着
时钟的指针，也醒着

暮色将准时写在鸟群的脊背，从远处飞抵
翅膀上的声音在天空摩擦干净，纸片般安静飘落
屋后的树，慢慢消化掉耳朵里白昼时堆积的鸟鸣
鸟替树木飞远，带着树的意志
而这高大粗壮的植被，只有死去，才能远行

草甸子上，醒着细密的虫鸣
田野里，豆荚崩裂与作物开花的声音轻微
粮食在酿成酒水之前，是清醒的
你需要安静地站在它们中间，听它们说话

夜晚的故乡是动植物的话语场地，聊着生死
我想象着，他们错杂的细腿和藤蔓
想象着，花奶牛的蹄子在白昼时踏响原野
哞叫声在夜晚荡出，与星空一同在河水里放映
声音从这里发生，也从这里息止
黄沙是细小坚硬的故乡，在风中飞行
我成为一粒沙子，飞在故乡之外
向日葵的头颅嫁接在故乡的脖子上
行刑的时间在秋天，地点避开午门
我那成为刽子手的乡亲们正站在秋风里
他们低着头，等待着时间的号令
细胞次第脱落，生命经久不息
乡亲们继续信仰土地、天空、雨水和金属
手上的十字橡皮膏，提醒我：
信仰有时是一种苍白和疼痛的混合物
而那些使信仰变成宗教的人，也是虔诚的
在故乡的面孔上，他们是逆光跪下的人
于四季轮回中，背对烈日，面朝大地

铺张的春天

雨水太铺张了,没过城市的脚踝
接上远方的河,比悬空的云朵真实、准确

草木太铺张了,绿得没昼没夜
只要有光亮,它们都会从暗处走来

燕子太铺张了,把春天剪碎
找不到季节还原键,按哪里都是格式化的细节

你太铺张了,把我接进了你的生活
要知道,我比想象丰富,想象比现实饱满

好一个铺张的——春天

父亲来了

父亲来了
我在出站口迎接这个喝廉价茶叶的男人
这个故乡的老木匠,有一身的好手艺

父亲来了
带来乡下年猪肉、笨鸡蛋、黏豆包
以及母亲蒸熟的荞面块、猪血肠、烩酸菜

父亲来了
带着未消散的年味来
带着故乡的口音和脾气来,带着念想来

父亲来了
鞋底上还带着故乡的泥土
买张票就能送他回去,花这钱我却莫名地不舍

此　刻

她站在街上，在人间的烟火气和嘈杂声中
双手沉重，等待一个一同回家的人
空气有些湿润，她一句话也不说
在原地兜转，等待一个一同回家的人
时间向晚，暮色像一颗陨石
落在人群中，在大地上炸开
她没有躲闪，且像一枚灯火
继续站在街上，等待那个一同回家的人

会疗伤的盆栽

时间一久,阳台上盆栽的根便疯长
像我头顶上莽莽的毛发,需要打理
避开主根,用一把剪子剪去多余的须
给它们足下的土地,腾出空间

每剪掉一茬,盆栽的叶子就要黄一阵子
像一个人,在生活中受了内伤
不缺肥,不缺水,更不缺空气和疼痛
盆栽在阳台上打坐,修炼内功

谁也不希望在时间上面窥见皱纹
在这一点上,我与盆栽有共同语言
它们为自己疗伤,使绿重新焕发
我们为昏沉的日子疗伤,抽出鲜嫩的光阴

熄 灯

一些背对我的人,都有月球般的暗面
我像不发光的星球
只能借助其他星球的光,观看自己

积攒一根蜡烛燃烧的时间
积攒一只灯泡的使用寿命
熄灯,我们内心才不会完全黑去

这样的一天是安静的

同一个黎明，我坐南窗前，你坐在北窗后
我们隔着平行的两道墙，看大地和天空的面颊
在故乡的屋顶上，炊烟将准时在两个小时后升起
树木伸长着手指，托起一片片的鸟群
望向远处，有微微光亮的故乡呼吸平稳
一间间房子，埙一样对准南冈子的嘴唇
朝拜着，一个又一个从这里远去的人们
乌篷船般，土坯墙围起的场院儿泊在薄如纸的夜色
时间是虔诚的受难者，只安静地行走而不发一言
时间里行走着的，最后都将和时间一样安静
大地没有摇晃，把直觉栽进土里此时是对的
我们各自看向远方，启明星是天亮前最后的细节
拆卸下贴在脸上的暮色，接受一天受光的部分

这样的一天是安静的，像从来就没有过你我的声音
我在窗前见到第一缕阳光，你在屋后把夕阳写在脸上
我们谁都没有离开，囊括我们的一切却都在远去

我所喜欢的房子

我这个人——
不喜烟酒、不喜车
独爱房子——有院儿的那种
在人口密集的中国,这有些奢侈

洼地填平后,盖上它
——洼地的一块补丁
——用灵魂说话的哑巴
——守在心野的一枚蛋壳
没有说明书,也住得惯

土坯,水泥,砖砌,实木,钢构……
我理想中的房子,不需他人看着顺眼

可以传统，也可以后现代
可以普通，也可以特儿
院墙不用太高，还得让一些事物进来

我理想中的房子
做工细致，举架要高，墙要结实
屋顶起脊，略有斜坡
下雨天，南北窗便挂着水帘

房子不必太新
苔痕可以上阶绿，草色可以入帘青
门要木质，敲起来有好听的声音

我，像股热气团在里面
阳光覆盖它的顶，它的影覆盖檐下人
我喜欢的房子，近乎一间陋室
不铺张，不拒人千里
谁想起我，皆可到来……

我还能爱你多久

这一天过去,这一天的我就消耗干净
我暂时沉默,为了区分和开口说话的不同
都说爱是无限的,但我不信
每一天都会过去,每一天的我也将跟着消失
那么,我还能爱你多久?
想到这儿就很荒凉,我拥有的属实不多
包括时间,我领取的就那么一份
没有多贪多占,像一个拦在时间隧道的匪徒
我不想让没必要在我生命中出现的事物,成为累赘
轻轻松松的多好,包括来和去
相爱的人,便不想在命终前说声再见
但,还是有人会那么做
他们或许知道爱的期限,但我不知
如果知道,我宁肯不爱

第四辑：敬畏之心

不敢的事

我并不是一个胆小的人,但

我不敢把这个世界说得太大
有人,已经跑到它的外面去
我也不敢把世界说得太小
毕竟,有一些在它体内消失

我不敢一直盯着落日去看
时间,就是这样灿烂地烧成灰烬
我也不敢起得太晚
担心,错过一天中最好的时辰

我不敢长久地注视大地

那些光阴,是如何陷进它的皱纹
我不敢轻易地爱上一种事物
世间美好的太多,不能爱得过于奢侈

我这也不敢,那也不敢
是因为不敢成为一个于世苟活的人
还有另一个原因
时间能杀死一切,我爱的也身在其中

自　白

他们说得委婉，管"故去"叫"走了"

后院女主人与西院男主人，走了
南园的水泥管井、桃树、杏树，走了
后园柴草垛、几十株老杨，走了
东院人置换老宅的半个院落
老宅，走了
通往童年的路，走了
置换来的半个院落有新的出口
若再回忆，我该从哪里进去？
出来时，我又是谁？

人走了，茶还没凉

物走了，我在煲汤

我若走了，屋顶上炊烟还会继续飘

大地依旧热闹，星斗不会缺少一颗

没有谁能停下，为时间默哀

活着的还要继续，逝去的还可重提

太阳会照常升起，大路上仍有歌声

我们不新不旧地活着

只为证明：我不是凶手

可为何手上总是沾满时间的血污？

忽然想到"活着"这个词

入文庙，几人树下画树，树下乘凉
三百年光阴，同两只戏蜂悠然落下
跫音入耳，静默随之消失
绕桥而过，自知此生不为状元
来此，只为看一截儿横陈、脱冠、去干的桐树

三百年之乎者也，三百年不知者不愠
枪炮声、呐喊声、读书声，跌跌宕宕
做一截儿装聋作哑的木头，不易
做一截儿发芽的骨头，不易
独木成林，难不成是儒家血脉

遭遇无人问津，也遭遇刀砍斧斫

不为香火簇拥、系满红绸带
站着思考高处之寒，躺下思考足下温暖
站着是树，躺下是林
只为生枝添叶，不改根植初衷

与树对视，我忽然想到"活着"这个词
想到，自己如何在人类的丛林里"活着"
像一枚活字，在印刷中活出一个位置
活出根，活出枝叶，活出信仰
在一块精神领地，开花结果，不易

冒 险

写诗，已经写不过几岁孩子
年龄上升，想象力会慢慢谢顶
在诗里蒙难，多一件心事
急也没用，最好不和自己较劲
总用熟悉的字，像跟老朋友交往
得将其放于准确的位置，并给以尊重
都说一笔一画、一字千金
写，要有咬合力，不能太油
我在一张张纸上写诗、写信、写备忘录
让那些纸变得沉重，积成雨云
孩子直接将其折成飞机、船只、青蛙
纸开始飞、游弋、跳跃……清风徐来
我的眼睛跟着，心也跟着

想象力，也想跟着
可哪有那么容易
我失掉了孩子的天真
我始终觉得：
在这纸上每动一笔都是冒险

最后的晚餐

夜色将人间拉成平面,比一块桌布要平
平面上的灯火,散落于原本荒凉的野丘

顶着星空,怀揣灯火的人脚步清凉
将每一个具体的词,用行走带向远方

不能在任何人的夜色里走失、虚浮
要一直沉在大地,对着整个世界的伤口

我只是一个拖着疼痛在暮色里狂欢的人
升起自己的火,让拿来烹煮的硬都柔软起来

活着不一定多么响亮,如灶子里的哔啵声

也不一定清澈,如一脚踏进去的溪流

内容或许清瘦,满脸菜色
细节或许单调,味含孤独

一些甜点,被生活碰了一下就有了缺口
一些火,烧着烧着便自我耗竭

最后的晚餐很有必要,使得冷适可而止
积蓄一锅热气,在夜里炒起比灯火滚烫的野心

附近的人

附近的人都很神秘,于我都很陌生
可以摇一摇,也可敲敲门
但我没有,不是因为懒
碰见了就打招呼,碰不见也不议论
附近的人,其实都离我很远
还不如我的一个敌人
至少,我的敌人敢于躲在近旁
用黑洞洞的枪口,对准我越来越有限的生活

错 误

谈一件无趣的事,花一些时间
说一个无关的人,花一些时间
看陌生人在街上走,为与己无关的事担心
又花去一些时间

没能借助城里的风,给故乡的人捎信儿
没能借助河里的水,去倒映往事
没能把静谧作为反义词,把喧嚣击退
没能在墙角处,遇见多年前的自己

从母体走来,向父命走去
活到举目无亲,活到只剩自己
总是忘不掉活着的悲伤

有些很好看,舍不得改
也有一些,改是改不掉的
我说不准确,不准确或许也是一种错误

在诗的背面写诗

看不见那首诗,但觉存在
与它隔着什么,像是时间
因此,闻不见气味,看不到颜色
不知它有多长,多宽,多松弛
在它的背面,写着向它靠近的字
像是抄起了一件称心的工具,在修葺一座岛屿
孤独、傲岸、与世隔绝,比海平面高出一些
我是那岛上的一株庄稼,玉米、高粱,或者小麦
必须不是鱼,才能在茫茫水域之外突显
在诗的背面写诗,像在世界的后背上写字
若我恰好也是那撑起后背的人
猜得对那些字,并让它们站对位置

那个岛,才能成为我最后的居所
还需在它上面修一个烟囱,背向风
让诗在我最后的家园里生火

恐 惧

有人说：
"上帝的右手是慈爱的
而他的左手是可怕的"
窥不见上帝掌纹与老茧
也不知惯用哪只手写字
每条命都不相同
在这人世，括我在内
哪个才算是上帝的笔误？

尐与尒
左与右
门与闩……
造字者许是偶数控

许是在世界对面摆好镜子
当上帝在人世勾掉什么
镜子内可否留下孤独?

蔬菜烂掉,名画裂损
防腐剂不再防腐
所有物品都已注明下架时间
走过街角与熟人道别
到陌生处与旧居道别
用几十载与世界道别
肉身上也有一个日子
灯火从记忆里离开,心还冒着热气
到底哪里没有期限?

有人说:
"世界上若有十分美
九分在耶路撒冷
世界上若有十分惨
九分在叙利亚、巴勒斯坦、也门……"
妈妈,布拉德战火熊熊时

没人可以进来,也没人可以离开
请记住伤痛和饥饿
记住水、柠檬、薄荷叶曾搅在一起
用一点余温写封"遗书"
我们能否在柴米油盐中护住自己?①

把 A 译为 B
再将 B 译成 C
忽略 B,再将 C 译回 A
穿越地域、种族、信仰
穿越道路、气流、肤色
穿越语言、猜忌、偏见
穿越性别与生存方式……
转译之路,有多远、有多近?
路上失了什么,又找到什么?

①:我们要在柴米油盐中保护自己——语出陈镭。

他们倒下去了

那些墓碑提示我,他们都存在过
他们倒下去,把位置让出来
不再说话,不再和生活赌气
像是出了远门,或永久搬离闹市
到穷乡僻壤,住进翻身都费劲的小户型
墙壁上不设窗户,屋顶上不设烟囱
过烟火拮据的日子,让它漫长

谁流泪了,他们都看不见
不会走过来,递上干燥的手绢或面巾纸
他们空下的位置,要让新站上去的人慢慢适应
那像大地的一个穴位,踩一下会疼
痛感,像是从他们体内提取出来

散布在人们的心野上,令大地沉重
地气,会自主拥抱或推开站上来的一切

撒手而去,顾不得还有什么事没能完成
从此,他们开始独自生活了
像一小堆火,在地下燃着
生前积攒的爱与孤独,是此时架起的柴火
这样好的燃料,燃烧时都很安静
他们,再也没有精力照看我们
就像我们没有精力照看倒下去的他们一样

悔 悟

我不该出现在这里
不该占领一块土地
以及,灯火和朗诵者的声音

不该疏远一些人
不该让他们成为一个地址、邮箱、电话号
不该忽略他们的呼吸和感受

不该写没有手感的诗
不该让字纸抢占更多光阴
不该从你手里接过一个夜晚
也不该从他手里接过一个清晨

一些诗是石头、剪刀、布
一些诗是调料、药材、酵母
一些诗是房屋、被子、粮食
一些诗是马车、蔬菜、水果
一些诗是衣服、牙膏、画材
我不该让诗成为我的生活必需品

但，一些诗是天空、大地
在天地之间落子，我不悔棋

屋子里最暗的时候

不是雨天、雪天、大雾弥漫
不是日食、月食、门窗遮掩
不是熄灯,夜晚倒灌

坐在屋中,面壁而居
最暗的时候是少了一面镜子
——看不见自己的面孔

无能为力

我所在的城市上空，有鸽子在飞
能飞的鸽子不用数，一定没有巴黎多
不能飞的在烤炉上，烤熟的鸽子无能为力

突然停水，偶尔停电
面对没冲的马桶和没电的手机
用水电解决的事，无能为力

一陌生人坐在画室外的楼梯上哭
声音漫过台阶，但却画不出来
对着一张白纸，色彩无能为力

路过一酒家，店面外圈养着羊

围栏上挂着字牌：活羊现杀
羊们还在吃草，吃草的时间无能为力

世界还不太平，时常会有战争
战火中奔突的人们，无能为力
不怪武器，武器在人类面前无能为力

约 等 于

关于秋天,我写了一些诗
写它的人太多,比秋天的落叶还多
有人写它的好,有人写它的坏
写它的好,它于是就灿烂、辉煌
写它的坏,它于是就萧瑟、凄凉
对于秋天,我始终是个中立者
我经过很多秋天,有些是替别人经过的
每次秋分,我总心怀敬意
仍不清楚,哪个秋天属于我
哪个属于我的亲人、朋友,以及他们的屋顶
一些风吹过来吹过去,爱恨都在那里
我的秋天或许就在爱恨之间
约等于一处不爱愈合的伤口
碰一下,还是很疼

我安静地坐在屋子里

我安静地坐在屋子里,没有别人
我把往事使劲地过滤一遍
看一看,有没有比较重大的事情被遗忘
这样的时间,不是很多
因此,要像对待不可再生资源一样
去对待能够安静的时间
我说的安静,也是相对的
想的举动很安静,想的事物却不静
我想着的,只是惯常忽略掉的声音
例如,太阳从地平线上起跑的声音
例如,心脏怦怦跳动的声音
我安静地坐在屋子里,就那么坐着
安静地想着一些不太安静的事
想着想着,一个平静的人竟然激动起来

土 豆

菜园里，生着一棵棵并不耀眼的土豆
地上齐膝开花，地下没踝结果
看着地上的，想到地下的
这些马铃薯、山药蛋、薯仔、地苹果
土壤中慢慢造好的句子，都已成熟
可以像古董一样，从土中挖出
它们都很结实，像一个个攥成拳头的根
它们的心却如一首诗，并不松弛
新鲜的，体内存着丰富的营养
母亲托人捎来一些，煤一样储存起来
那些温暖的土豆一直活着，生命没有微小可言
铩下带着芽眼的薯块，抹上草灰
给它们一片土壤，还能孕育子孙

两个土豆切条放入盘子,像两个山头合在一起
炸好的,让人在快餐店爱上它们
土豆搬家,不能叫作滚球
不够形象,那么多椭球体果实多像肾脏
正被时光和母语移植到我们的生活

关 于 诗

一间屋子，一处避难所
一个发生器，一种生活底细
我遇见你，也遇见困境

风向一变
从云猜到雨，时准时不准
今天的雨是奇数，明天的是偶数

粮食和饥饿者还没有遇见
刀俎和鱼肉还没有遇见
枪炮声和轻音乐还没有遇见
你没有遇见我
我却遇见了一个未来

行进中的蚂蚁

蚂蚁在搬家、在打架、在喊着号子
红蚂蚁、黑蚂蚁、白蚂蚁、黄蚂蚁……
蚂蚁在飞行,在雨季到来前做好准备
蚂蚁向高处去,向深处挖掘

睡觉的蚂蚁是死了的蚂蚁
死了的蚂蚁被抬回洞穴,抬回黑暗中
蚂蚁不需要光线,它们的牙齿都是亮的
它们的肤色比夜晚更有光泽

蚂蚁都在行进中——
一部分行进在捕猎者的肠胃

一部分行进在大地毛孔

蚂蚁把大地的秘密带出土层

把天空的秘密交给人类

站在火山口处我想到了什么

车盘旋而上,一口气升高海拔

登顶,在火山口上

我看见自己的心映在天池,蓝得深邃

池水寒凉,水面吹来的风很是醒目

池面呈圆,像口水井

水井,少时家中菜园便有

像一根大地的气管,垂直向下

带着呼吸,使静水不腐

井口敞开,一眼明镜

摇动辘轳,从地深处把水叫起

装满,一口干渴的缸

全家人的水源,就站在那

母亲不允许我靠近,即便将打水作为初衷

某日趁其不在，我与伙伴集结

向井中喊话、掷物，回声让人欢喜

母亲回来，我被鞭笞

一因，打上的水，变得浑浊

二因，念我年幼，恐遭坠井

是时，母亲泪是家中唯一清澈的水源

站在火山口上，望着那池碧落

我比任何人都先想到那口水井

井壁光滑，一些时光无法从中爬出

让我哽咽的部分，在井中无法消化

我与树还有什么区别

那棵树,长在不远的村子
比村子年长,苍劲却不圆满
留有空隙,用足下的土过活
用有限的枝叶、无限的根过活
那棵树,我需要仔细打量
它的骨头、毛发、皮肤,当然还有裸露的根
我这么站着,树也是
我不能说,我与树的思想谁更超拔
我们都顶着孤独,在祭坛上站立
活出烟火,活得妖冶、从容、枝繁叶茂
让每一只路过的鸟歇脚,带走遥远的关怀
我与树都不是静止的,都摇曳着一种疼
不是鸟不想飞向我,绝对不是

只因我不能像树一样没有敌意
我与鸟都会对这世界产生恐慌
树将世界走成平面，我将世界走成立体
我行走谨慎，仿佛世界里布满敌人

我在灯火里看见了什么

感谢夜的掩盖
让更多人看不见我此时的表情

不是所有的夜晚都漆黑一片
我，在灯火里看见了我的心
它有一个开关

我用按出来的光
消化掉了幽暗的屋舍
以及，心底的黑

第五辑：向厚皈依

艺 术 品

想动手做点东西：
陶瓷的、木艺的、铸铜的、石膏的
粗布的、石头的、玻璃的、塑料的
有名字的，没名字的
繁复的，简约的
可再生的，不可再生的……
用它们的坚硬、柔软、粗糙、光滑
描述心境，修复光阴
用反义词方式，把更美好的人生立起
真切地看到它的亮部、灰部
明暗交界线、反光、投影
总之，看起来比诗更有立体感
做它们，我需用比写诗还多的体力

需耗费比写诗还多的灯火
我之所以如此,只因它们是我多出的身体
我需亲自动手,加减成可靠的内容
这是另一种活法
它们都会腐朽、生锈、碎裂
也都会消失,看起来和我没有关系
这无妨,它们是艺术品
艺术品就该用艺术些的方式,了此一生

我是猎人

我写诗,但不称自己为诗人
坐房间里,用纸和屏幕捕捉遥远的信息
捕捉生活细节,带上关怀
翻看一些资料,发现人们都在猎取
原始人猎取野兽,现代人猎取能源
说到动植物,常要着重于实用价值
哪些能吃,哪些能入药,哪些能做器物
把美丽的命猎成一种空白
我试图写诗,把悲伤、疑问放进去
以猎取我与他人的知觉,猎取宽泛的乡愁
总之,读它让你高兴不起来
晃动的阿富汗,哀号的巴格达
枪口像一处伤,不爱愈合

这些，都是我在远处猎取到的
不站在弹雨中，也能感到刺痛
我背着一张弓，在大地上走
只为猎取真诚、宽容、温暖，爱的信仰
用鼻子、嘴巴猎取味道，用耳猎取声音
用手猎取这个世界给我的反作用力
我必须把猎取说得既卑劣又高尚
以区分，我们是否是有共同理想的人
从而放慢步子，于丛林折返世界的中心

向厚皈依

这个城市的四季,炊烟统一的薄
从雨水走到冰,我滑向每一个黄昏
让那些乡愁,从空下来的烟囱里
钻出来,在空气里飘
无处安放地,任由它飘成一种虚无
一种暗,在时间里深陷向晚
我不用转过身,灯火就可变得很厚
穿在,城市冰凉的身体上
和故里一朵朵绽开的,不太一样
不够昏黄、缓慢、节约、分散
不能让每一个窗口,都容易记得
也不能亮起,足以怀旧的心
在这冬天,我让自己穿得厚重

我深知，在乡下与亲友穿厚棉衣的时光
已薄成一张相片，边缘很是锋利
把残存的记忆，切得粉碎
我还会回到乡野，在故乡冬天的怀里周游
穿着故土的情谊，走在人群中间
在此之前我还要提防，以免自己薄成一块饼干
看似坚硬，但不够结实
走在街面上，我能听见的乡音也很稀薄
我怀疑，是被人群拥挤的结果
那些挤薄了的，终会被嘈杂声遮掩
在趋于骨感的时刻，我有一个打算
想把自己叠成行李，在天亮前上路
带上那些薄，向厚皈依

出 门

出门后,往左拐往右拐
世界那么大,但好像只有这两条路可走

代替一些时间,占有一块土地
收集生活的必需品,占有那里的温暖

每一件器物都活着,哪怕是一把剪刀
它用牙齿,咬开过一些封闭而柔软的事物

出了门,我只能朝着一个方向前进
我总以为,没走过的那条路才最为漫长

内心里还有一条道路,通向故乡

我从故乡出了门，选择更为漫长的那条

进到一个空间，关上门
把门外的世界归还回去，将门里的世界找寻回来

出走的念头

打小这念头就有,够复杂,也够年幼
视自己为越狱犯,把去路想细
细如羊毛、发丝,掉进阳光里也找不见
我出走的念头就在这细细的高光上衍生

带上干粮、被子、半新的衣服、窝里的狗
给它们灌输一个离家出走的念头,与我远行
那种远,只有离开才能得知

也许会成为现代鲁滨孙,以命漂流
像那河里的水分子
我挨着你,却与每一个角落的你都很陌生
自此想到一种荒凉,荒凉也是一种出走的念头

没想过来路,没想过自己如何向光而来
出走的念头,自黑生发,自黑毁灭
我最终要从这种念头里走出

在家的土地上,我带不走自己疯长的根须
它们不会出走,它们始终向水而生

如果衰老

一部分往事,像铁一样生锈
另一部分,像不锈钢一样铮亮
它们敲起来都响,回声有时间的绵长
带上雀斑、黄褐斑、老年斑
不押韵、不工整、不讨巧地好好活着
活得像一首被生活喂大的诗
热爱粮食,适当地吃些粗纤维食物
老旧日历不必放到洗衣机里清洗
上面的旧时光,都会自动翻新过来
城市光秃秃的,像是已经谢顶
乡野足够荒凉,像被世间遗忘
如果足够聪明,就不去联想自己
所有的人都会衰老,所以要年轻地活着

积攒好所有的阳光、微笑、拥抱……
如果衰老,是因为活得不够缓慢
当鲜花覆盖肉体,请免去多余的悲伤

脸是一块命

脸,长在头上
或光滑,或坑洼,或褶皱
或黄,或黑,或白
或方,或圆,或大,或小
在一个人最高的位置,表现着一生的光阴

有人脸皮薄,容易脸红
有人脸皮厚,扎一锥子不出血
有人脸软,羞于拒绝
有人面目可憎,有人颜面和善
红脸会想到大汉,白面会想到书生
请贵客,叫请您赏个脸
信上说:见字如面,面就是脸

没见过的,叫素未谋面
要对方人情,叫给个面子
丢了面子,叫颜面扫地
在脸上画脸,便有了脸谱
不要情面了,就说成撕破脸
脸,有时只是一张纸

遇见一张脸,像遇见一张地图
男人的脸,还是女人的脸?
生于哪里,年纪几何,属于哪个民族……
在脸上,能看见一些残存的乡愁

路上,会遇见各种各样的脸
但你渴望,遇见亲朋好友的脸,微笑的脸
人群中,有人一眼认出你
像一眼认出你的故乡

有人说:打人不打脸!
想是因为:
脸是一块命,打不得更丢不得

就在这里

这里,没有哥特、巴洛克、洛可可
没有莫奈、凡·高、毕加索、朱耷、张大千
没有巴赫、莫扎特、贝多芬、冼星海、王洛宾
没有像样的山,宽绰的湖

就在这里,我与亲人们一起接受阳光
拥抱空气,和充足的氧交谈
吃干净的粮食和蔬菜,交干净的朋友
将漏雨的屋顶修好,并打开窗户

没有歹毒之心,更没有歹毒的嘴
做一个牧羊人及农民的孩子,肤色黝黑
在这里,还没有一把像样的武器

我给心事减肥,让自己没有暴力

活得像每个黎明、早晨、晌午、黄昏与夜晚
即便不完整,也要让一天经过
我从这里,笔直或曲折地活向远方
且让孤独的寿命,不断延长

阳台上的书

新居不算宽敞,但有够大的阳台
书避开遮掩,不用严实地藏起来
在阳台上,低矮的两个书架
吃力地擎着那些人的精神重量
我崇拜它们,很想用它们作为大地的喻体
把更多人的著述,摊在上面

一些书未来得及看,就被阳光翻旧了
封皮被晒得粉白,多想自己是一本书
安静地摆放在大地上,被风和阳光翻动
写着和天气一样敞亮的心事,阴晴不误
不必热销,不必轻巧,不必谁都能读懂
又厚又重地坐在角落,像个难遇知音的人

这么想想，都觉得好

夏日晌午，书内心清凉地待在里面
入冬落雪，书接受昼夜散乱的寒意
书，在纸上把希望的光续接给我
它们，轻而易举地与我度过难挨的日子
多像是身在苦寒之地，而内心温暖的人
当字开始像头发泛白之时，书还没有老
书在永恒的光阴中，镌刻在世界的心脏

沿 岸

沿岸沙子温热、风很凉
多出些回忆往事的人
对面是海也好,是河也罢
水动一动手指,我们的想法便动一动腰身

今年的水和去年的水,有所区别
倒映着两段不同的光阴
陷进去叫往事,浮上来叫现实
不少人想一头扎进去,尝往事的咸淡

沿岸没有烟火
一些人主动走来,被动离开
沿岸堆积着一些看不见的事物
只有那些脚印,知道它们的沉重

乡愁的根须

谁在喊我的名字,我于是站在原野上
确认如此温暖的声音,是故乡发出的

有风吹来,我要站在平坦空旷处
接收,176公里外故土的讯息

风把田野吹开,松江两岸庄稼地一望无垠
故土上结出的粮食,多是乡愁的标本

我在故乡之外,吃着它们长大
在长大的时间里,乡愁会慢慢生出根须

根须被岁月编辑,却不会修改道路

在脚下，它们抱紧雨水在黑暗中向故乡行进

在此刻，故乡是什么颜色并不打紧
只要河流从面前走过，只要乡愁的根都还活着

夜晚是一块黑板

夜晚是一块黑板,我在上面写
灯火一样的诗
月光一样的诗
星河一样的诗
萤火虫一样的诗

我的诗,必须要如此明亮地写出来
才能体现它在夜晚诞生的意义

天堂和地狱都很虚无,都空荡荡的
比这个世界宽敞,比两个星球的距离遥远

黑 与 白

有人说：这社会，黑白两道
我没时间想别人的善恶，我首先想到自己
也想到一种马，它们在非洲活动
毛色分明，黑白交错
逐草迁徙，将大地视为故乡
我不是牧马人，只能算作围观
就像别人围观我一样，他们也看不清我的善恶
那种马叫斑马，我这种人叫俗人
像我这么俗的人，通常只想骑在马背上周游世界
我是一个灰色的人，和乌云一样
我积攒着人世的烟火与苦水，等待时间慢慢掏空
我享受黑白囤积与消散的整个过程

敬畏之心

大地越悲凉,我越感到亲切
远古它就这样,疼痛赤裸,不修边幅
风从哪边来,雨从哪边过
生死顺理成章,大地干净坦然
没有人知道我,也没有人挽留
在苍茫的大地上走,我尚不苍茫

我像一个盗墓者,自此窃走千年光阴
用目光挖到的,都是表面的事物
用内心掘出的,都是深层的精髓
借以在心野筑坛:三层垒筑,画方成圆
让自己热血沸腾,像一座黄皮肤的火山
吞吐地心的炽热,接近高空的闪电

像个迟到者,走向牛河梁的深处
远古的火,还未熄灭
佩环若鸣,还有悦耳之声
墓主的生活,远比我们想象得精致
远比我们懂得敬畏——
敬畏自然,兼及未知世界

看到了人类过去,便匆忙想到人类前途
不知道的事,是生活的一处漏洞
像夜里墙壁漏风、屋顶漏雨
风雨自哪面来,我便向哪里失眠
我非为地球守夜,而在唤醒敬畏之心
等待星光散落,女神登临

听闻某作家故去

活着的,该哭哭,该笑笑
这鸟蛋状世界,不会破壳出多余的悲伤
即便离去的是个作家,也不行

该打球打球,该吃饭吃饭
吃完饭,该谈恋爱的谈恋爱
也可以写微信,发小咖秀

该聊天聊天,该下棋下棋
输了,也不会把命搭上
输了就输了,不能悔棋

该打铁打铁,该捕鱼捕鱼
忙完活计,回家看一眼书橱
那里,或许有一本正在默哀的书

午　后

此时，我在故乡的边上

风有些和曛，有些金黄
望向远处
地平线上的事物正被春天抬高

从你的手里接过一个清晨
从他的手里接过一个黄昏
我和我，还有一个夜晚的距离

对着故乡拍照，而后打印出来
看一看，复印下来的苍茫

铁北的阳光

刚搬到这里，正值秋天
天凉了，用来取暖的木材堆在门外
火在木头的年轮里烧着，哔哔啵啵
瓦红色的屋顶，鸽子泛着白光
布置一整个早晨的细节，交换和平
绕几条小路，找一块见方的站牌
几十辆巴士，播放着人们的咳嗽声
在不同口音中拥挤，位移着穿过桥洞
在玻璃车窗的背面，静默成豆大的光源
减掉树上多余的叶子，减去重力
减去街上多余的人群，减去嘈杂
两个黝黑的孩子跪在街上，低矮着
像两座悲伤的房屋，不生炊烟

他们的目光让十月的秋天极不平静
人们暗示自己停下来,制造温暖
正像此时铁北的阳光,在制造慈悲

房　间

被腾空的房间，点着鸡蛋大小的灯
四五盏亮着，四五盏熄灭
一些静物的影子，在白天就被拖走
它们借机大胆地动起来，且不留痕迹
这里面住过太多东西，曾杂乱且肮脏
缠绕着收藏房子的人和被房间收藏的人
现在，这里只有不作声的人类
带进来的关门声和灰尘，渐渐息止
粗略看进去，我们成为一枚蛋黄
每个夜晚，和每一个白昼交换
被时间反复掏空和填满的房间
像极了无数枚新鲜的鸡蛋，蛋黄时有多枚

但与四五盏点亮或熄灭的灯,无关
与房间的平方数,无关
与他,无关

夜幕下的两个故乡

搭一列火车，把两个故乡夹到碗里
让夜幕下两个返程的故乡龇着牙齿
叼紧一枚枚大大小小亮灯的窗
叼紧一只只身怀漆黑种子的鸟
越安静的地方越不适合孤独
越孤独的地方越像一块没有草人的麦田地
落下太多翅膀，鸟鸣将你淹没
越躁动的地方越不适合疯狂
越疯狂的地方越像一场没有遮拦的重金属
你只发出人群中万分之一的喊声
以春天的名义，亲近每一对红透的嘴唇
以夏天的名义，点燃每一把微暗的篝火
慢慢地透露隐私，慢慢地燃烧

慢慢地打开每一扇门窗：平平仄仄平
绿起来的平原和小岛都不喊疼
蟋蟀与季节相斗之声都不喊脆
打理热腾腾的生活，让身体随之变暖
让人们兜里都揣着一粒粒太阳的种子
你是我的河向我流淌，我是你的路向你延伸
我在两个故乡的血管里拐来拐去
我走向我的故乡也走向你的故乡
苍蝇还没飞起来，院子瘦一圈，马鞍肥一圈
两个故乡还没露出大腿，还没叨念烧痛舌头
还没合成一首童谣，于某一音符相遇
世界还没颠倒，故乡还没颠倒
我们愿意用双手握住生命和斑斓的世界
我们愿意用双脚蹚过每一条街道和河流
我们都是草民，不能让喧嚣盖住成长的声音
陷进一个国土的血液，就要举起血色的旗帜
我们拿起笔，就像一株株草扛起枪支
抖落在纸上的文字像抖落的拳头，砸响痛点
埋起来也能成为一堆坚硬的骨头，唱起歌谣
风往哪面吹，哪面就会有人走过来

即便，救世主和占卜者没有一起走过来
我们也不能在一个碗里撕开两个故乡的血缘
怀念谁都能在心里复活新鲜的葬礼
怀念谁都是为了给自己打开一面镜子
给灵魂一条路，派生出众多的词汇
别熄灭、割杀、软弱，别不拾掇红釉色的餐桌
别不相信在每一片光芒中你都可以醒来
祖先的一杯水顶住我的喉咙，水火俱在
在碗里认清祖先的碑文，靠近原始美学
我是什么样的刀，就该有什么样的光芒
垒十米高的看台，垒四十度的高温
一米米抬高风筝和鸟群，一寸寸扩张疼痛和孤独
两个故乡并不遥远，只隔一道墙垣
还未决定翻过或拆除，人说是历史遗留问题
站在碗里一等再等，夹在两个故乡中间的我们
俨然成了，无能为力的白骨和不曾低矮的高墙

走过来,孩子

你游荡着走过来,孩子
你说,倒叙一点也不透明
还是愿意正着顺序被时光滤一遍
回忆有时是多余的,不发光物体想来都一个颜色
只有黑亲近它们的肉体和肤色
一些信仰滚落在地,平凡得没有力气
你假装盲着双眼,绕开它们
怀抱中,一颗心脏在小心翼翼地跳动
血液冲击血管,声响
和夜晚涌上来的潮水,十分相近

被海水浸泡的鱼群爬上岸来,脚步声轻微
它们集体浮出水面,钻进黄昏的缝隙

有一种力量在召唤，状如吸盘

走过来，孩子

这里有一种比岁月更老的东西，在复活

夜　晚

眼皮跳了两下，天就黑了
越来越像不刺眼的悲剧
点着的灯像一条射线
为活下来的我们——指路

十一月的河水

唢呐吹一路,听不到耳边的风声
红彤彤的光飞向祖先居住的山野
天亮了,乡亲们被阳光抓起
赶走喉咙里的羊群,钻进乡村的胃
面向方圆十里的土地
十几条土路在探望谁,谁的夜晚
就是十一月寂静而美丽的河水
河水一直没有静止,它裹着
母亲的泪水和父亲的咳嗽。覆盖在
泥土的伤口,大于偏远乡村中豆大的黄昏
河流上游的人们,没有喝干河里的水
一群玩陀螺的娃娃,推开被风封堵住的柴门
在盛大的冬天玩耍,不穿棉衣、不戴棉手套

在陀螺身上，抽出一道道融化冰雪的肌理
为下一个春天埋下：宫、商、角、徵、羽
从这条河流上走过，听不见
丁点冷空气掩盖的号叫，冰层之下
北风依旧在吹，吹走人们的脚步声
我看见河流在大地上慢慢下沉，在一滴水中受难，
我开始静下来，思考乡亲们与这条河流的关系，
河流说：
"我虽然坚硬起来，但只能是人民暂时的道路！"

镜子里的事物摸上去不都一样光滑

灰尘落下来,静悄悄的
时间的面孔很光滑
墙壁、地板、衣柜很光滑、
声音很光滑,想象很光滑
你的皮肤、牙齿
以及,被你摸过的事物也光滑

而镜子里的我的生活
摸上去却很粗糙

当大地丰收在望

我不能命令黄瓜开花,以及豆角爬蔓
不能阻止雨水到来,以及庄稼的长势

当大地丰收在望,在故土上的行走声越来越硬
越往深秋走,词语越凉,越结实
用它们写下的诗,表皮有霜,内里温存

正在降落的黄昏,是从天空抖下来的包袱
像一个屯粮的仓房,装满乡亲们金色的梦想

将粮食,视为故乡人译出的乡愁
我竟无法准确读出,在它们中间尤显孤独
读不出完整的粮食,就读不出完整的自己

我吃着它们，却时常忽略这散落在原野上的命

深秋，翘起的植被成为大地的倒戗刺
细碎的疼，让我想到被善良一口口喂大的过程

一个长满乡愁的人，拥有疼痛就拥有一个故乡
身份证大小的故乡，平地摊开的睡莲一样的故乡
当大地丰收在望，我该用怎样的心去盛装？